Barry Jonsberg • Flieg, so hoch du kannst

Foto: © Jen Dainer

DER AUTOR

Barry Jonsberg lebt in Australien, genauer in Darwin im Northern Territory. *Flieg, so hoch du kannst* ist sein fünftes Buch für junge Erwachsene.
Bevor Barry Jonsberg das Schreiben zu seinem Hauptberuf machte, unterrichtete er Englisch an der Highschool. Eine seiner Schülerinnen war Cece Adams.
Cece, eine australische Ureinwohnerin, studierte Kunst an der Charles Darwin Universität. Sie schreibt auch Songs – eine von Moondog, einem einheimischen Künstler, aufgenommene CD ist bereits erschienen.
Aber am meisten hat Cece in ihrer Rolle als Erzieherin erreicht.
Cece hat Zerebralparese und ist Quadriplegikerin. Wer sie schon mal getroffen hat, versteht, dass an den Rollstuhl gebunden und nicht in der Lage zu sein, auf die herkömmliche Art und Weise zu kommunizieren, kein Hinderungsgrund für persönliche Weiterentwicklung ist. Am allerwichtigsten ist jedoch das, was sie Kindern und Erwachsenen gleichermaßen beigebracht hat: Dass nämlich der wahre Wert eines Menschen im Innern zu finden ist, und dass es unklug ist, jemanden allein nach der äußeren Erscheinung zu beurteilen.
Barry Jonsberg und Cece hoffen, dass *Flieg, so hoch du kannst* ein klein wenig dazu beiträgt, diese Botschaft weiterzutragen.

Von dem Autor ist bereits bei cbt erschienen:
Das Blubbern von Glück (16286)

Barry Jonsberg

Flieg, so hoch du kannst

Aus dem Englischen
von Ursula Höfker

cbt

Kinder- und Jugendbuchverlag
in der Verlagsgruppe Random House

»Die Verlagsgruppe Random House weist ausdrücklich darauf hin, dass im Text enthaltene externe Links vom Verlag nur bis zum Zeitpunkt der Buchveröffentlichung eingesehen werden konnten. Auf spätere Veränderungen hat der Verlag keinerlei Einfluss. Eine Haftung des Verlags für externe Links ist stets ausgeschlossen.«

MIX
Papier aus verantwortungsvollen Quellen
FSC® C014496
FSC www.fsc.org

Verlagsgruppe Random House FSC® N001967
Das für dieses Buch verwendete
FSC®-zertifizierte Papier *Pamo House*
liefert Arctic Paper Mochenwangen GmbH.

1. Auflage
Deutsche Erstausgabe April 2015

Die Originalausgabe erschien 2008 unter dem Titel
»Cassie« bei Allen & Unwin, Australien.

Aus dem Englischen von Ursula Höfker
Umschlaggestaltung: Kathrin Schüler, Berlin, unter
Verwendung eines Motivs von Shutterstock/ilolab
jb · Herstellung: kw
Satz: KompetenzCenter, Mönchengladbach
Druck und Bindung: GGP Media GmbH, Pößneck
ISBN: 978-3-570-30964-3
Printed in Germany

www.cbt-buecher.de

Für Cece Adams

1

HOLLY

Ich heiße Holly Holley und so sieht meine morgendliche Routine aus:

6:30 Uhr: Tasten nach der Schlummertaste am Wecker; meine Mutter verwünschen, bevor ich wieder ins Koma falle.

6:40 Uhr: Tasten nach der Schlummertaste am Wecker.

6:50 Uhr: Tasten …

7:00 Uhr: Mutter brüllt mir ins Ohr. Ich verwünsche sie (insgeheim), setze mich auf die Bettkante, warte, bis mein Hirn den Betrieb aufnimmt. Stolpere ins Badezimmer, stelle mich auf die Waage, bin deprimiert.

7:05 Uhr: Ich dusche (nach einer Dusche wiegt

man mehr wegen der Wassertropfen im Haar), stelle mich vor den Spiegel und suche nach Anzeichen für eine Verwandlung im Stil von hässliches Entlein wird zu Schwan (in den Zeitschriften steht, dass sie oft mit fünfzehn eintritt). Bin noch deprimierter, weil Sommersprossen immer noch wahllos verteilt, Stupsnase immer noch unverändert, kleine Warze am Rand von Augenlid immer noch hexenhaft, stämmige Beine immer noch stämmig sind. Verwünsche Mutter. Denke an Demi Larson, warzenlos, sommersprossenlos, stupsnasenlos, dafür mit tadellosen Beinen bis unter die Achseln. Versuche sie zu hassen, kann aber nicht. Verwünsche Mutter stattdessen.

7:25 Uhr: Wieder in meinem Zimmer. Zerre die Schuluniform aus dem Schrank, ziehe sie über den Kopf an. Betrachte mich im Schrankspiegel. Pygmäe in Sack guckt zurück. Versuche, mir in Sack gekleidete Pygmäe am Arm von Raphael McDonald vorzustellen. Geht nicht. Hole tief Luft, verwünsche Mutter.

Wer würde *jemals* auf die Idee kommen, seine Tochter Holly zu nennen, wenn der Nachname Holley ist?

Wer würde es fünfzehn Jahre später immer noch lustig finden? Wer könnte so grausam sein und ihr nicht mal einen zweiten Vornamen geben – etwas wie Demi zum Ausgleich?

Auf dem Weg nach unten verwünsche ich meine Mutter und bete, dass sie kein warmes Frühstück für mich vorbereitet hat.

HOLLY

»Bitte tu's nicht, Mum. Bitte.«

Holly blickte stur auf die Windschutzscheibe. Sie wusste, dass ihre Chancen besser stünden, wenn sie ihre Mutter anschauen würde, aber sie brachte es nicht über sich. Irgendwie erschien es ihr sicherer, nicht hinüberzuschauen.

»Du hast keinen Sinn für Humor, Küken«, erwiderte ihre Mum, wechselte auf die äußere Spur und hätte fast einen alten Herrn auf seinem Fahrrad zu Fall gebracht. »Das ist dein Problem.«

Nein, dachte Holly. *Das ist NICHT mein Problem. Nicht direkt.* Wie kannst du dir deinen Sinn für Humor bewahren, wenn deine Mutter dich in der Öffentlichkeit ständig blamiert? Wie kannst du lachen, wenn dein Magen gegen jedes ihrer Frühstücke rebelliert? Wie kannst du mit jemandem scherzen, der dich »Küken« nennt? *Wenn ich keinen Sinn für Humor habe,* dachte Holly, *ist das die Schuld des EIGENTLICHEN Problems, das mit einer blauen Strähne im Haar, diversen Body-Piercings und einem sichtbaren Tattoo neben mir sitzt.*

»Tu's einfach nicht.«

»Warum nicht?«

»Das weißt du genau. Es ist peinlich.«

»Es ist dir peinlich, wenn deine Mutter dir sagt, dass sie dich liebt? Wie traurig ist das denn?«

»Du brüllst es an der Bushaltestelle aus dem Fenster, nachdem du mich dort abgesetzt hast, Mum. Die ganzen Typen von der Schule hören dich.« *Raph McDonald hört dich*, dachte sie. »Du musst mich echt hassen, dass du mich so in Verlegenheit bringst.«

»Das ist doch Quatsch.« Ein Hupkonzert ertönte, als ihre Mum erneut die Spur wechselte. »Liebe sollte dir nie peinlich sein. Davon gibt es nicht genug auf der Welt. Aber …«, sie schaute in den Rückspiegel, blinkte und hielt an der Bordsteinkante, »niemand soll mir nachsagen können, ich wäre unsensibel gegenüber den Gefühlen meiner Tochter. Auch wenn es mich schmerzt, werde ich dir nicht sagen, dass ich dich liebe, solange du an der Bushaltestelle stehst.«

»Versprochen?«

»Großes Ehrenwort.«

Holly öffnete die Wagentür. Ihre Mutter beugte sich zu ihr hinüber und hielt ihr die Wange hin. Holly blickte sich um. Niemand schien sie zu beobachten. Sie gab ihrer Mutter einen schnellen Kuss, nahm ihre Schultasche und stieg aus. Mrs Holley kurbelte das Fenster herunter.

»Ich liebe dich«, flüsterte sie.

Holly senkte den Kopf, damit man ihr Lächeln nicht sah. Ihre Mum legte den Gang ein und schnitt beim Losfahren einen Motorradfahrer, der gefährlich ins Schlingern geriet.

»Hey, Holly Holley, du bist eine Wucht!«, brüllte ihre Mum, als sie an der Schlange bei der Haltestelle entlangfuhr und mit einem Arm aus dem Fahrerfenster winkte.

Cassie

Sich durch Luft zu bewegen, ist wie durch warmes, zähes Wasser zu schwimmen.

Schweiß perlt über meinen Hals. Die Sonne schmiedet Messer aus Licht, die mit scharfer Schneide von jeder Oberfläche aufblitzen. Mum hebt mich auf den Beifahrersitz und schnallt mich an. Dad steht an der Tür, und ich versuche, ihn im Blick zu behalten. Doch mein Kopf bewegt sich und Dad verschwindet immer wieder. Die Klimaanlage nimmt die Hitze weg. Schweiß kräuselt sich, zieht sich auf meiner Haut zusammen. Und die Welt zieht vorbei. Dad ist ein letztes Bild an der Tür, die Hand erhoben. Dann ist er endgültig verschwunden. Geräusche blubbern in meiner Kehle.

»Es ist gut, Liebes«, sagt Mum. Ihre Augen sind feucht, und ich weiß, dass sie lügt.

Wir sind auf dem Weg nach irgendwo und meine Worte gehorchen mir nicht. Als ich aufwache, wischt mir meine Mum mit Papiertaschentüchern das Kinn ab. Mein Kopf ruckt hin und her.

»Zeit, etwas zu essen, Cassie«, sagt sie.

Sie setzt mich in meinen Stuhl. Wir sind an einer Tank-

stelle, aber ringsherum ist nichts. Ein Baum kratzt den Himmel. Bilder flackern durch meinen Kopf. Ich wähle das von Dad mit erhobener Hand und lasse es vor meinen Augen stehen.

Wir bewegen uns auf etwas zu, aber das ist es nicht.

HOLLY

Raph McDonald ging über den Schulhof, als gehörte er ihm. Er bewegte sich mit der lässigen Eleganz eines Sportlers, locker von oben bis unten, voller potentieller explosiver Energie. Von der Sonne ausgebleichtes Haar reichte bis knapp auf seine Schultern. Olivefarbene Haut und braune, lächelnde Augen. Umgeben von einer fast sichtbaren Aura unerschütterlichen Selbstbewusstseins, schlenderte er dahin, sich seiner eigenen Perfektion bewusst, und der Tatsache, dass andere ihn genauso wahrnahmen. Mädchen schmolzen dahin, als er vorbeiging. Knie wackelten, Schultern strafften sich, Augen folgten ihm und die Luft vibrierte von gemeinschaftlich ausgestoßenen kleinen Seufzern.

Holly Holley saß auf einer Bank am Rand des Basketballfeldes, stimmte in den Seufzerchor ein und drückte ihr Erdnussbutter-Sandwich an die Lippen.

»Er sieht sooo wahnsinnig gut aus«, schwärmte sie. Allerdings klangen ihre Worte durch Vollkornbrot mit niedrigem Glukose-Gehalt ein wenig genuschelt, weshalb sie etwas von dem beabsichtigten verträumten Tonfall einbüßten.

»Er besitzt die Intelligenz einer Amöbe«, bemerkte Amy. Ihr Ton konnte unter gar keinen Umständen als verträumt beschrieben werden.

»Intelligenz ist nicht alles.«

»Aber gutes Aussehen?«

Holly hasste solche Unterhaltungen, da sie dabei fast immer den Kürzeren zog. Amy hatte die ärgerliche Angewohnheit, weder wacklige Knie zu bekommen noch dahinzuschmelzen oder zu seufzen, wenn Raph vorbeiging. Normalerweise schnaubte sie sogar.

»Nein, natürlich nicht. Aber wenn ich nur auf Intelligenz abfahren würde, wäre ich total in Mr Tillyard verknallt.« Mr Tillyard unterrichtete Mathe. Es herrschte allgemeine Übereinstimmung darüber, dass sein Gehirn die Größe einer Melone hatte. Aufgrund der Tatsache, dass er dieses riesige Organ mit sich herumschleppen musste, war sein Kopf leider völlig verformt. Kahl und knubbelig wie er war, brachte er kleine Kinder dazu, sich weinend hinter ihren Müttern zu verstecken. Beide Mädchen schüttelten sich.

»Ich behaupte nicht, dass das Aussehen keine Rolle spielt«, meinte Amy nach einer längeren Pause. »Aber Raph McDonald kennt nur ein Gesprächsthema. Raph McDonald.«

»Es ist das einzige Thema, das mich interessiert«, erwiderte Holly.

»Dann bist du ein bemitleidenswerter Loser.«

»Wie wahr, wie wahr. Allerdings wage ich zu bezweifeln, dass ein Naturwissenschaftsfreak wie du besonders qualifiziert ist, Ratschläge in Sachen Liebe zu erteilen. Quantentheorie: Ja. Herzensangelegenheiten: Eindeutig nein.«

»Deine Fixierung auf Raph hat nichts mit dem Herzen zu tun«, entgegnete Amy.

Holly aß den Rest ihres Brotes und kramte dann in ihrer Tasche nach einem Apfel. Amy beobachtete

Raph, der sich hüftschwingend entfernte, und schnaubte.

»Warum beschaffst du dir kein lebensgroßes Foto von ihm und hängst es in deinem Zimmer auf?«, fragte sie. »Dann könntest du ihn anschmachten, ohne tatsächlich mit ihm reden zu müssen. Wenn du mich fragst, ist das die perfekte Lösung.«

»Ich hasse dich, Amy. Das solltest du eigentlich wissen.«

»Du hasst mich, weil ich zwar Hirn, aber kein tolles Äußeres aufzuweisen habe.«

»Ich habe weder noch.«

»Wenn du auf diesen minderbemittelten McDonald abfährst, streite ich mich mit dir nicht über Intelligenz.«

Holly biss in ihren Apfel und blickte sich auf dem Schulhof um. Ihre Augen weiteten sich.

»Oh mein Gott. Er kommt zurück.«

Amy warf in schierem Entsetzen die Arme hoch. »Was sollen wir bloß tun?«

Holly seufzte.

»Er sieht sooo wahnsinnig gut aus«, hauchte sie.

Amy schnaubte.

»Er hat ungefähr die Hirnmasse eines Backsteins.«

Sie saßen schweigend da, während er vorbeischlenderte.

»So, und woher bekomme ich jetzt ein lebensgroßes Foto von ihm? Was schlägst du vor?«, fragte Holly.

FERN

Das Essen in der Raststätte schmeckte sicher entsetzlich, aber sie würden sich damit begnügen müssen.

Wenn man in einem Umkreis von dreihundert Kilometern von rotem Sand, struppigem Buschwerk und einem unmöglichen Himmel umgeben ist, kann man nun mal nicht wählerisch sein, dachte Fern Marshall.

Sie würden hier auch die Nacht verbringen müssen.

Sie rollte Cassie in eine Ecke des Restaurants und stellte die Bremse am Rollstuhl fest. Ohne bewusst darüber nachzudenken, überprüfte sie die unmittelbare Umgebung nach Dingen, mit denen Cassie kollidieren könnte.

»Besonders vielversprechend sieht es nicht aus, Cass«, meinte sie. »Wahrscheinlich Pastete und Pommes, aber in der Not frisst der Teufel Fliegen, was?«

Cassie zappelte in ihrem Stuhl herum und lächelte. Sie gab einen hohen, klagenden Ton von sich. Ihr linker Arm schwang zur Seite, die Finger verkrampft und knotig. Ihr Kopf ruckte hin und her. Das Heulen wurde lauter.

»Ich denk dran, Liebes«, sagte Fern. »Vollmilch. Das dürfte wahrscheinlich das Nahrhafteste sein, das du heute bekommst.« Sie streichelte Cassies Arm, hängte sich ihre Handtasche über die Schulter und ging zum Tresen. Fern betrachtete die Auswahl auf den Tabletts in der Glasvitrine. Vertrauenerweckend erschien ihr nichts von alldem. Etwas sah aus, als könnte es sich möglicherweise um Lasagne handeln, doch die trockenen, aufgebogenen Ränder ließen darauf schließen, dass es schon Stunden hier stand. Vielleicht auch Tage. Da war es sicherer, sich für etwas Abgepacktes zu entscheiden.

»Was darf's sein?«, fragte die Frau hinter dem Tresen und wischte sich die Hände an einem schmutzigen Geschirrtuch ab.

»Zwei Wurstpasteten und zwei Portionen Pommes, bitte«, bestellte Fern. »Dazu einen Cappuccino und ein Glas Milch. Vollmilch. Das wär's dann, danke.«

Während sie auf ihr Essen wartete, blickte sie sich im Restaurant um. Sie konnte sich vorstellen, dass viele Fernfahrer gern hier anhielten. Aber wahrscheinlich hielt jeder, der durch diese einsame Gegend in Australiens roter Mitte fuhr, gern hier an. Im Moment war nur noch ein weiterer Tisch belegt. Eine vierköpfige Familie. Eine Frau, ihr Mann, der sich ständig den Schweiß vom Gesicht wischte, und zwei Kinder von ungefähr zehn oder elf. Touristen wahrscheinlich. Die Frau starrte Cassie an.

Fern trug das Essen zu ihrem Tisch. Die Wurstpasteten waren in der Mikrowelle aufgewärmt worden, weshalb der Blätterteig entsprechend matschig war. Selbst die Wurstfüllung sah blass und unappetitlich aus. Seufzend schnitt sie eine Pastete in mundgerechte Stücke. Dem Himmel sei Dank für Tomatensoße.

»Sag's nicht weiter, Cass«, raunte sie, »aber ich fürchte, hier hat man die Hinterlassenschaften eines Hundes in Blätterteig gewickelt.«

Cassie brüllte vor Lachen. Fern runzelte die Stirn.

»Du solltest es doch nicht weitersagen. Jetzt hast du das Geheimnis verraten. Wir müssen die Beweisstücke loswerden. Mund auf.«

Fern schob Cassie einen Bissen Pastete in den Mund.

»Sag Bescheid, wenn es auch nach Hundekacke schmeckt.«

Cassie musste lachen, und so fiel, was sie im Mund hatte, in ihren Schoß. Fern lachte ebenfalls.

»Geschieht mir recht«, sagte sie. »Ich und mein großes Mundwerk. Okay, Kleine. Meine Schuld. Nächster Versuch. Einen Löffel für dich, einen Löffel für mich.«

Bis Cassie aufgegessen hatte, war Ferns Cappuccino lauwarm und der Schaum zusammengefallen. Er schmeckte schlimmer als die Wurstpastete. Sie nippte vorsichtig daran und ließ Cassie zwischendurch immer wieder von ihrer Milch trinken.

Als eine Frau neben ihr hüstelte, blickte Fern erschrocken auf. Die gesamte Familie von dem anderen Tisch stand verlegen vor ihnen. Die beiden Kinder hatten sich halb hinter ihrem Vater versteckt. Er war blass, kahlköpfig und trug zu kurze Shorts, die er zu weit hochgezogen hatte.

»Hallo«, grüßte Fern.

»Hallo«, erwiderte die Frau. Ihr neugieriges Lächeln schien nicht ganz mittig auf ihrem Gesicht festgekleistert. »Wir wollten nur sagen … Also, ich wollte sagen … einfach nur sagen, wie leid es uns tut. Verstehen Sie?«

Ferns Lächeln erlosch.

»Nein. Ich verstehe leider nicht. Was tut Ihnen leid?«

Die Frau verlagerte ihr Gewicht von einem Bein aufs andere und warf ihrem Mann einen kurzen Blick zu.

»Na ja …« Ihr Blick ging zu Cassie, deren rechter Arm auf der Lehne des Rollstuhls hin und her zuckte. »Sie wissen schon …« Aus ihrem Tonfall war herauszuhören, wie unhöflich und undankbar sie es fand, dass Fern sie zu einer Erklärung zwang. »Ihre Tochter«, fügte sie dann hinzu.

»Weshalb um alles in der Welt sollte Ihnen denn meine Tochter leidtun?«, fragte Fern.

Die Frau bedauerte eindeutig, an ihren Tisch gekommen zu sein. Sie blickte zum Ausgang, als suchte sie nach einem möglichen Fluchtweg.

»Ihre Behinderung tut mir leid«, antwortete sie mit fester Stimme. »Sie tun mir leid.«

»Oh, verstehe. Allerdings besteht kein Grund, dass Ihnen die Behinderung leidtut. Eine Behinderung kann einem doch gar nicht leidtun. Behinderungen haben keine Gefühle. Und ich für mein Teil kann Ihnen versichern, dass ich Ihr Bedauern oder Ihr Mitleid nicht brauche. Aber vielleicht sollte es Ihnen leidtun, dass Sie reden, als sei Cassie gar nicht da. Das ärgert sie nämlich wirklich. Und in mir weckt es offen gestanden den Wunsch, jemanden umzubringen. Sie würden sich wahrscheinlich auch darüber ärgern, oder? Wenn jemand mit Ihrem Mann über Sie reden würde, als könnten Sie sich nicht selbst äußern, als gäbe es Sie gar nicht?«

Die Frau presste die Lippen zu einem schmalen Strich zusammen. »Es tut mir leid, wenn Sie es so sehen.«

»Ihnen tun eine Menge Dinge leid, wie?«, fragte Fern. »Mir tut es jedenfalls nicht leid, dass ich es so sehe.« Sie wandte sich an den hellhäutigen Mann. »Ich hoffe, Ihre Frau hat einen guten Tag.«

Empört scheuchte die Frau ihre Familie zur Tür. Durchs Fenster sah Fern, wie sie sich wütend unterhielten, als sie in ihren Geländewagen stiegen. Sie wandte sich wieder an Cassie.

»Soll ich dir was sagen, Cass? Die Hundekacke beschränkt sich in diesem Haus nicht aufs Essen.«

Cassie brüllte und kreischte vor Lachen. Ihre Arme und Beine fuchtelten unkontrolliert herum.

HOLLY

Ich heiße Holly Holley, und so sieht meine nachmittägliche Routine aus:

16:00 Uhr: Überlegen, ob ich mich ans Erledigen der Hausaufgaben machen soll.

16:01 Uhr: Überlegungen bezüglich Hausaufgaben einstellen.

16:02 Uhr: Erneutes Lesen meiner Zielsetzungs-

und Aktionsplan-Dokumentation und weiteres Brainstorming dazu. Das verlangt nach einer Erklärung …

Im letzten Halbjahr habe ich einen Kurs in »Berufsfindung und Karriere« belegt. Ich bin durchgefallen. Wie kann ich auf eine erfolgreiche Karriere hoffen, wenn ich bei einem solchen Kurs durchfalle? Das ist alles andere als motivierend. Eine Sache aus dem Kurs habe ich allerdings behalten. Nur eine. Und zwar Zielsetzung und Aktionspläne.

Eigentlich sind es zwei Sachen.

In Mathe bin ich auch kein besonderes Genie.

Kurz zusammengefasst handelt es sich um eine Strategie, um herauszufinden und schriftlich festzuhalten, was man im Leben erreichen will. Du bestimmst ein Ziel und schreibst es auf. Nehmen wir zum Beispiel an, dein Ziel ist, Gehirnchirurg zu werden. Jetzt geht es darum herauszufinden, was du tun musst, um dieses Ziel zu erreichen. Das ist der Aktionsplan. Im Fall des Gehirnchirurgen bedeutet es, dich in den Lernstoff sämtlicher Schulfächer hineinzuknien, indem du ausnahmslos jeden Tag alle deine Hausaufgaben machst, einschließlich der Zusatzaufgaben, die du dir in den naturwissenschaftlichen Fächern erbittest, und dann an der Uni für die nächsten hundert Jahre dasselbe zu tun. Da ich keine Ahnung habe, was ich einmal werden will, konnte ich nicht einmal das Ziel bestimmen und den Aktionsplan folglich gleich in die Tonne klopfen. Dann kam mir jedoch der Gedanke, dass dieser Prozess, unnütz, soweit er meinen beruflichen Werdegang betraf, mit wesentlich besseren Ergebnissen auf mein Privatleben ausgeweitet werden könnte.

Was will ich also *jetzt* und wie kann ich es erreichen?

Ich halte meine drei Ziele fest:

Ziel Nr. 1: Eine Verabredung mit Raph McDonald
Ziel Nr. 2: Zu Demi Larsons Clique gehören
Ziel Nr. 3: Eine Schönheit werden

Und da hatte ich die Erleuchtung. Eine Glühbirne erstrahlte über meinem Kopf: Die ersten beiden Ziele kann ich nicht erreichen, bevor ich nicht das dritte erreicht habe. Wie stehen die Chancen, dass Raph

McDonald ein Mädchen einlädt, das aussieht wie einer der unbedeutenderen Zwerge in *Schneewittchen*? Die Antwort liegt auf der Hand. Und wodurch zeichnet sich die Demi-Larson-Clique aus? Schönheit. Demi hat makellose Haut, ist schlank, immer perfekt geschminkt, hat wunderschönes Haar und einen sicheren Geschmack in Sachen Kleidung. Der Rest der Clique ist ähnlich begnadet. Wie stehen also die Chancen, dass sie die pummelige Holly Holley mit den glanzlosen Haaren, die Klamotten der Marke Heilsarmee trägt, in ihrem Kreis willkommen heißen?

Die Antwort liegt auf der Hand.

Somit schmelzen meine drei Ziele zu einem einzigen großen Ziel zusammen.

Eine Schönheit werden. Der Rest kommt dann von allein.

Das nenne ich einen Fortschritt.

Zeit für die Aktionspläne. Was muss ich tun, um eine Schönheit zu werden? Mir wird klar, dass Schönheit über drei parallel verlaufende Wege zu erreichen ist: Figur, schmückendes Beiwerk (Kleidung und Make-up) sowie Pflege (Frisur, Fingernägel, Augenbrauen). Wenn wir uns die letzten beiden zuerst vornehmen, sind korrektes schmückendes Beiwerk und eine perfekte Pflege leicht zu erreichen. Sie erfordern lediglich Geld und Stil.

Leider besitze ich weder das eine noch das andere. Aber ich kann mir Demi zum Vorbild nehmen.

Deshalb Aktionsplan 1: Finde heraus, zu welchem Friseur Demi geht, wo sie ihre Klamotten kauft und welches Make-up sie bevorzugt. Ich kann mir vorstellen, dass es relativ einfach ist, Demi zu einem Gespräch über sich selbst zu animieren. Ausgezeichnet. Die Stilfrage wäre somit geklärt!

Das nächste Problem – Geld und wie man dazu kommt. Diebstahl ist eine Option, allerdings nicht die einfachste.

Deshalb Aktionsplan 2: Such dir einen Job. Ich *weiß*, dass ich sonntags im Kino arbeiten könnte – ich lebe praktisch dort. Ich kann Popcorn verkaufen, Kartenabschnitte abreißen und »Saal drei, viel Spaß« sagen. Es geht schließlich nicht um Notfallchirurgie, und der Manager hat verlauten lassen, dass sie noch dringend eine Aushilfe bräuchten. Ich werde ihn heute noch anrufen.

Bleibt noch Aktionsplan 3: Figur verändern.

Jetzt wird's kompliziert.

Wenden wir uns zunächst dem heiklen Thema Pummeligkeit zu. Die Lösung dieses Problems sollte noch relativ einfach sein. Weniger essen. Mehr Sport. Und für mich sollte sie angesichts der kulinarischen Gewohnheiten meiner Mutter besonders einfach sein. Meine Mutter ist ein Hippie. Okay, sie kleidet sich nicht immer so. Und sie nimmt keine Drogen und hört sich keine peinliche Rockmusik von Sängern an, die ihr Verfallsdatum längst überschritten haben. Aber sie arbeitet in einem Bioladen. Einem dieser Geschäfte, wo man vierhundert verschiedene biologisch angebaute Linsenarten bekommt. Und sie bringt Zeug aus dem Laden heim, das niemand kaufen will und das schon langsam hinübergeht. Was bedeutet, dass wir ständig bizarre Gerichte aus gesunden, aber ungenießbaren Zutaten essen. Das Kochen nach Rezept lehnt Mum ab. Sie erfindet Gerichte während der Zubereitung. Ich erinnere mich, dass sie einmal eine undefinierbare pampige Kreation auf den Tisch brachte. Ich fragte: »Was ist das?«, und sie antwortete: »Armer Ritter.« Darauf ich: »Ich dachte, du bist Vegetarierin.« Ich war ziemlich stolz darauf.

Nur so nebenbei: Mein Dad starb, als ich zwei Jahre alt war. Manchmal, nur manchmal, wenn ich in eine Schüssel mit Mums Kochergebnissen schaue, frage ich mich, ob er einfach seinen Lebenswillen verloren hat …

Aber ich bemühe mich um fantasievolle Wege, Mums Essen nicht essen zu müssen, ohne ihre Gefühle zu verletzen. Wenn wir einen Hund hätten, wäre es einfacher. Einen mit vegetarischem Einschlag oder ohne Geschmacksnerven. Vorzugsweise beides. Aber Mum will von einem Haustier nichts wissen.

Damit wäre die Pummeligkeit also aus der Welt, richtig?

Falsch.

Egal, was ich esse oder nicht esse, ich habe immer die Figur einer schlecht befüllten Wurst.

Bleibt natürlich immer noch Sport. Laufen. Aber die Vorstellung eines aufgedunsenen, schwitzenden Zwerges, der durch die Straßen im Viertel keucht, dämpft offen gestanden immer wieder meinen Enthusiasmus. Wobei ich nie Enthusiasmus verspürt habe.

Was meine Größe betrifft, kann ich nur warten und hoffen. Bezüglich Sommersprossen, der einen oder anderen Warze und meiner Stupsnase gibt es nur eine erfolgversprechende Option: Schönheitsoperationen. Und die kosten Geld. Das ich, würde ich Karriere machen, idealerweise verdienen würde. Aber ich habe den Berufsfindungs- und Karrierekurs nicht bestanden. Also läuft es wieder auf Aktionsplan 2 hinaus: Such dir einen Job. Ich glaube nicht, dass sie im Kino sonderlich viel bezahlen, aber wenn ich wirklich jeden Cent in meinen Schönheitsoperations-Notfallfonds einbezahle (bereits eingerichtet mit gehortetem Bargeld von Geburtstagen und Weihnachten), habe ich nach meiner Kalkulation genug beisammen, um mir im Alter von zweiundfünfzig eine Rundumerneuerung leisten zu können.

Ich hoffe, Raph kann so lang auf mich warten.

Aber zurück zu meiner nachmittäglichen Routine.

17:00 Uhr: Brainstorming-Sitzung beenden, da der erhoffte Sturm über eine sanfte Brise nicht hinauskommt. Und mein Gehirn ein Totalausfall ist. Höre Mum von der Arbeit nach Hause kommen und unterdrücke ein Schaudern bei dem Gedanken ans

Abendessen. Rufe Amy an. Sie *hat* ein Gehirn und es stürmt immer. Unterbreche sie bei ihrer Biologie-Hausaufgabe – gewöhnlich etwas Einfaches wie das Sezieren der Bauchspeicheldrüse eines Wombats –, um mir Rat zu holen. Sie sagt mir, ich solle solche »Trivialitäten« vergessen und mich auf die Hausaufgaben konzentrieren. Ich sage ihr, sie soll endlich mal anfangen zu leben. Ich lege auf und frage mich, weshalb wir Freundinnen sind. Komme zu dem Schluss, dass es ein Rätsel ist, genau wie die Sache mit den Getreidekreisen.

17:30 Uhr: Ich sehe fern und plane eine Mahlzeit-Vermeidungs-Strategie.

18:30 Uhr: Setze mich zu Mum an den Abendbrottisch. Rede mit ihr über ihren Tag und höre mir amüsante Anekdoten über Hülsenfrüchte an.

HOLLY

Aber dieser Abend verlief anders.

Er begann eigentlich wie immer. Hollys Mum schaufelte grüne Pampe auf die Teller und Holly stellte ihre Miene auf »neutral«. Sie nahm ihre Gabel auf.

»Ich bekam heute Morgen einen Anruf, nachdem ich dich an der Bushaltestelle abgesetzt hatte«, erzählte ihre Mum.

»Ach ja?« Holly arrangierte das Zeug auf ihrem Teller neu, als hoffte sie, dabei etwas Essbares oder zumindest Erkennbares freizulegen. Couscous war sicherlich dabei und bei den faserigen Teilen handelte es sich wahrscheinlich um Alfalfasprossen. Aber die grüne Pampe widersetzte sich der Identifizierung. Hatte Mum sich in die Pfanne geschnäuzt? Holly rührte weiter. Vielleicht brachte Reibung einige der Zutaten dazu, sich zu verflüchtigen. Sie erinnerte sich an etwas in der Richtung aus dem Physikunterricht.

»Ja«, bestätigte Ivy Holley und stellte eine Schüssel mit Salat und ein Körbchen Vollkornbrot auf den Tisch. Wenigstens ihre Salate waren konventionell. Meistens. Holly konnte von Brot und Salat leben. »Von meiner Halbschwester Fern. Du erinnerst dich an Fern?«

Holly kräuselte ihre sommersprossige Nase, so sehr konzentrierte sie sich. Seit Jahren hatte sie nichts mehr von ihrer Tante gehört. Die jährliche Weihnachtskarte reichte nicht wirklich aus, um sie zu orten. Eine verschwommene Erinnerung tauchte auf. Von vor Jahren. Irgendeine Art Familientreffen, doch die Einzelheiten blieben im Dunkeln.

»Vage. Wohnt sie nicht im Norden?«

»Genau. In Darwin.«

»Mum? Kann ich bitte ein Glas Wasser haben?«

Ivy drehte sich zum Kühlschrank um. Holly war ihr dankbar dafür. Sie wunderte sich oft darüber, dass ihre Mutter sie nicht aufforderte, sich ihr Wasser selbst zu holen. Sobald Ivy ihr den Rücken zugewandt hatte, nahm Holly ihre in einer Tüte steckende Hand aus der Tasche und holte eine große Portion Essen von ihrem Teller.

Das war Genie in Aktion.

Die Idee dazu hatte ihr das Verkaufspersonal an der Frischwarentheke im örtlichen Supermarkt geliefert. Die Verkäufer nahmen die Ware immer mit einer eingetüteten Hand auf und drehten die Tüte dann von innen nach außen, sodass die Lebensmittel nicht mit ihrer Haut in Berührung kamen. Sich einen Vorrat an Gefrierbeuteln zuzulegen, war nicht schwer gewesen. Mit geübter Hand drehte sie die Tüte um und steckte sie in ihre Tasche. Es dauerte nur Sekunden. Später würde sie den Inhalt im Garten entsorgen. Sie hatte einmal einen Film gesehen, in dem ein Häftling einen Fluchttunnel grub, die ausgebuddelte Erde in sein Hosenbein füllte und es auf dem Sportplatz entleerte.

Holly nahm sich Salat und füllte damit den freien Platz auf ihrem Teller. Ivy stellte das Glas Wasser neben sie.

»Und was wollte Tante Fern?«, fragte Holly.

»Sie will eine Weile bei uns wohnen.«

»Cool.« Holly bestrich zwei Scheiben Brot mit Butter. Auf eine türmte sie Salat, die andere legte sie auf die restliche Pampe. Den Tütentrick konnte man nicht unendlich oft anwenden. Essen unter Brot oder Salatblättern zu verstecken, war zwar nicht idiotensicher, aber besser als nichts. Sie biss in ihr Brot.

»Und? Macht sie Urlaub?«

»Nicht direkt.« Ivy steckte eine Gabel voll Essen in den Mund und kaute mit offensichtlichem Appetit. *Über Geschmack kann man eben nicht streiten*, dachte Holly.

»Sie hat sich von ihrem Mann getrennt.«

»Krass.« Aus dieser verschwommenen Erinnerung stieg noch etwas auf, und sie musste sich erneut konzentrieren, damit sie es zu fassen bekam. »Sie haben ein Kind, nicht wahr?«

»Ja. Eine Tochter. Cassandra. Sie ist ein Jahr jünger als du. Sie kommt mit.«

Aber da war noch etwas. Holly konnte bei diesem Familientreffen oder was immer es war nicht älter als sechs gewesen sein und konnte sich praktisch an nichts erinnern. Aber …

»Sie hat Zerebralparese«, fuhr Ivy fort, und ein paar weitere vage Erinnerungsstücke fügten sich in Hollys Kopf zusammen. Ein Rollstuhl, verdrehte Gliedmaßen und ein Kreischen, als würden Nägel über eine Schiefertafel gezogen. »Tatsächlich ist es eine schwere Zerebralparese. Cassie ist Quadriplegikerin.«

»Was bedeutet Zerebralparese?«

»Fern sagt, dass bei dieser Krankheit die Befehle des Gehirns an den Körper nicht korrekt oder gar nicht ankommen. In Cassandras Fall bedeutet es, dass sie keinerlei Kontrolle über ihren Körper hat.

Sie kann nicht sprechen, sie kann nicht selbstständig essen, sie kann nicht gehen.«

Holly überlegte. Sie war so in ihren Gedanken versunken, dass sie sich versehentlich einen Löffel voll Pampe in den Mund schob. Als sie es merkte, drückte sie sie zu einem festen Kloß ganz hinten im Mund zusammen und schluckte rasch. Sie rutschte als massiver Klumpen ihre Kehle hinunter. Vor Hollys geistigem Auge erschien das Bild vom Haarballen einer Katze, doch sie schob es schnell beiseite, sonst wäre der Klumpen wieder hochgekommen.

»Wie lange bleiben sie?«

»Bis Fern einen Job findet und eine Bleibe. Ein paar Wochen. Vielleicht zwei Monate.«

Monate? Holly vergaß den Klumpen in ihrem Bauch. Das war kein Urlaub. Das war auch kein Umzug. Das war eine Invasion. Fast hätte sie sich noch einen Löffel voll Pampe reingeschoben, konnte sich aber gerade noch rechtzeitig bremsen. »Aber, Mum! Wir haben doch nur *ein* Gästezimmer. Unser Haus ist winzig!«

»Ich weiß, Küken. Aber sie gehören zur Familie und sie sind in einer Notlage. Wir müssen ihnen helfen.«

Darauf gab es keine Antwort.

»Wann kommen sie?«

»Samstag.«

Zwei Tage. Nicht viel Zeit, um sich mit der Idee vertraut zu machen.

»Schau, Küken«, sagte Ivy, »es ist gewöhnungsbedürftig, das weiß ich. Aber ich brauche deine Hilfe. Deine Unterstützung. Cassie hier zu haben, wird stressig. Alles andere wäre gelogen. Aber wir dürfen nicht vergessen, dass sie trotz ihrer Behinderung ein normales Mädchen ist. Geistig, meine ich. Mit ihrem Verstand ist alles in Ordnung. Nur ihr Körper funktioniert nicht richtig.«

Holly dachte darüber nach. Eine grauenhafte Vorstellung. Eine normale Person, gefangen in einem Körper, der nicht machen wollte, was man ihm sagte. Das ging über ihren Verstand.

»Natürlich, Mum. Ich werde tun, was ich kann.«

»Ausgezeichnet. Wir können am Samstag anfangen. Es wird einiges zu putzen und aufzuräumen geben. Wir müssen Ordnung im Gästezimmer schaffen, den alten Krempel rausschmeißen, die Bettbezüge waschen, es einfach wohnlich herrichten.«

»Klar.«

Ivy stand auf, nahm ihre Tochter in den Arm und drückte sie ganz fest.

»Ich wusste, dass ich mich auf dich verlassen kann, Küken. Es wird schon werden. Das versprech ich dir. Hey, wie wär's mit noch etwas Couscous?«

Holly spürte vom Magen her Panik in sich aufsteigen. Zumindest hoffte sie, dass es Panik war.

»Ich bin satt, Mum. Aber es war gut. Pass auf, ich räume den Tisch ab und spüle das Geschirr, okay?«

»Du bist was ganz Besonderes, Holly Holley.«

»Ich weiß.«

Und als Erstes landete im Abfalleimer eine verknotete Tüte mit einer blassgrünen Pampe. Holly fühlte sich ganz wohl mit ihrer Verrücktheit, hauptsächlich, weil sie Methode hatte.

CASSIE

Dieses Zimmer ist fremd. Ich mag es nicht.

Mum hat die Glocken aufgehängt. Ich liege hier und kann sie sehen. Sie drehen sich in der Luft, fangen das letzte Licht ein und ihr Klimpern klingt wie leises Lachen.

Mum ist irgendwo links von mir, eingehüllt in Dunkelheit. Sie macht sich Sorgen. Ich kann es schmecken.

Ich mache mir auch Sorgen. Sorgen schmecken nach Metall. Dieses ist besonders beißend.

Ich habe Angst.

HOLLY

Ich heiße Holly Holley, und so sieht meine Routine beim Zubettgehen aus:

21:30 Uhr: Duschen.

21:40 Uhr: Zähne putzen, Haare kämmen, die Schuluniform für den nächsten Tag zurechtlegen.

21:50 Uhr: Ich kuschele mich mit Gladly, meinem schielenden Bären, ins Bett. (Niemand weiß von Gladly und niemand wird je etwas von ihm erfahren. Er ist ein Raph-Ersatz.)

Ich denke an Raph, bis ich einschlafe.

Nicht an diesem Abend.

An diesem Abend denke ich an ein Mädchen im

Rollstuhl. Ein Mädchen, das seinen Körper nicht unter Kontrolle hat. Ich überlege, wie sie mein Leben verändern wird, wenn auch nur für einen Monat oder so.

Ich habe Angst.

2

HOLLY

Holly war wie betäubt.

Zum Glück saß sie in der morgendlichen Schulversammlung, sonst wäre sie glatt umgekippt. Der Rektor, Mr Wilson, versuchte ohne den geringsten Erfolg, den Schülerhaufen zur Ordnung zu rufen, als Demi Larson die Gänge zwischen den Sitzreihen herunterschlenderte und vor Holly stehen blieb. Sie lächelte, beugte sich zu ihr hinunter und flüsterte in ihr Ohr.

Die gesamte Schule verstummte und drehte sich zu ihr um. Demi flüsterte einige Augenblicke, klopfte Holly dann auf die Schulter und ging zurück zu Kari und Georgia, den anderen Auserwählten, die als »Die Demi-Clique« bekannt waren.

Mr Wilson nutzte die Stille, um mit seiner Ansprache an die versammelte Schülerschaft zu beginnen.

Doch es war Holly nicht möglich, sich zu konzentrieren.

Sie war wie betäubt.

Was sie jedoch nicht daran hinderte zu lächeln, und ihr Herz nicht, wie wild zu hämmern.

HOLLY

Ich heiße Holly Holley und wahrscheinlich hätte ich Amys Reaktion vorhersehen können.

»Eine Pyjamaparty bei Demi Larson?«, flüstert sie über Mr Wilsons Gebrabbel. Dann – ich schwöre, es ist wahr – unterdrückt sie ein Gähnen. Wie kann sie nur! »Ich an deiner Stelle würde ein gutes Buch mitnehmen.«

Manchmal glaube ich, Amy ist einfach nur neidisch. Sie klingt zwar nie so, das muss ich zugeben, aber wahrscheinlich ist es nur gespielt.

Ein Buch mitnehmen, ich bitte euch! Doch ich komme ins Grübeln. Was bringe ich mit? Was ist bei

Pyjamapartys so angesagt? Bringt man etwas zu essen mit? Und wie sieht es mit Nachtwäsche aus? Mein Pyjama mit I-Aah, Winnie Puuh und Ferkel drauf geht ja wohl gar nicht. Vielleicht kann ich meinen Schönheitsoperations-Notfallfonds anzapfen und mir bei Kmart etwas Seidiges kaufen. Der Gedanke beschäftigt mich so, dass mir Amys geflüsterter Kommentar fast entgeht.

»Außerdem dachte ich, ihr bekommt am Samstag Besuch.«

»Oh Gott!«, heule ich.

Neunhundert Gesichter wenden sich mir zu.

»Ich bin kein Atheist, Holly Holley«, sagt der Rektor in die nachfolgende Stille hinein, »aber ich denke, das ist auch in deinen Augen eine Stunde Nachsitzen wert.«

HOLLY

Holly öffnete ihrer Mutter die Wagentür, als sie nach Hause kam.

»Hallo, Küken«, grüßte Ivy und zog eine Plastiktüte

voll mysteriöser Kochzutaten aus der Versenkung. »Im Laden gab's heute tolle Sachen. Ich denke, das Abendessen nachher wird eines meiner besten.«

»Ich kann's kaum erwarten. Brauchst du Hilfe bei den Vorbereitungen?«

Ivy Holley stieg aus dem Wagen, runzelte die Stirn und betrachtete ihre Tochter genauer.

»Alles in Ordnung, Liebes? Du bist nicht krank oder so?«

»Mum, ich muss dich um einen Gefallen bitten.«

»Ah, das erklärt einiges. Aber lass mich erst mal ins Haus gehen, Küken. Ich bin den ganzen Tag herumgerannt und muss das Zeug in den Kühlschrank legen.«

Holly half. Sie packte alle möglichen ihr unbekannten Dinge aus und verstaute sie kommentarlos. Nach dem, was sie so sah, standen die Chancen, dass etwas Essbares dabei war, nicht besonders gut. Aber das war ja normal. Ivy setzte sich an den Küchentisch und streifte ihre Schuhe ab. Sie legte einen Fuß auf ihr Knie, massierte ihre Zehen und seufzte.

»Okay. Der Gefallen. Es muss was Größeres sein.«

»Stimmt. Woher weißt du das?«

»Du hast das Frühstücksgeschirr abgewaschen.«

Holly setzte sich ihrer Mutter gegenüber und legte die Hände auf den Tisch. Sie holte tief Luft.

»Mum, ich bin zu einer Pyjamaparty eingeladen.«

»Das ist doch super, Küken.«

»Morgen Abend.«

Ivy Holley hörte auf, ihren Fuß zu reiben.

»Aber da kommen doch Fern und Cassie. Morgen kannst du nicht gehen, Liebes. Verschieb's um eine Woche.«

»Das geht nicht, Mum.«

»Was meinst du mit ›Das geht nicht‹? Es ist eine Pyjamaparty und kein einmaliges Konzert. Ruf einfach deine Freundin an und ändere den Termin.«

Holly stand auf und ging auf und ab. Ihre Mum verstand die Situation nicht. Aller Wahrscheinlichkeit nach würde sie die Situation nie verstehen. Aber sie musste vernünftig sein, das war wichtig. Sie würde alles geduldig erklären müssen. Unter keinen Umständen durfte sie ihrer Mutter vorwerfen, dass sie es nicht verstand.

»Mum, du verstehst das nicht. Es geht um Demi Larson. *Sie* hat mich eingeladen.«

»Und?«

»Und diese Gelegenheit wird sich mir nie mehr bieten. Wenn man sehr, sehr viel Glück hat, bekommt man diese eine Chance. Wenn ich jetzt nicht gehe, werde ich nie mehr eingeladen. Nie mehr. Und mein ganzes Leben ist ruiniert.«

Mrs Holley hob eine Augenbraue, aber Holly fuhr rasch fort.

»Niemand schlägt eine Einladung von Demi Larson aus. Niemand.«

»Wer ist sie? Ein Mitglied des Königshauses?«

»Noch wichtiger.« Holly blieb stehen. Sie hatte nur ein Ass im Ärmel und es war besser, sie schaute ihrer Mutter in die Augen, wenn sie es ausspielte.

»Pass auf, ich werde morgen den ganzen Tag nur putzen und aufräumen. Ich sorge dafür, dass das Haus blitzblank ist. Wenn du willst, bleibe ich heute die ganze Nacht auf. Aber morgen Abend muss ich da hingehen, Mum. Bitte?«

»Ich verstehe das nicht, Holly.«

Holly biss die Zähne zusammen. Ihre Mutter nannte sie nur Holly, wenn sie sauer war. Es lief nicht gut.

»Wenn diese Demi nicht so flexibel ist, dass sie den Termin für eine Pyjamaparty verschieben kann, kann sie keine wirkliche Freundin sein.«

»Ist sie auch nicht. Noch nicht. Das ist es ja gerade. Und sie wird nie eine werden, wenn ich morgen nicht hingehe.«

Ivy rieb sich die Stirn.

»Schau«, sagte sie schließlich, »es geht nicht darum, dass du mir beim Putzen und Aufräumen hilfst. Das ist nicht das Allerwichtigste. Sie gehören zur Familie, Holly. Ich möchte, dass du da bist, wenn sie ankommen. Ist das zu viel verlangt?«

Holly traten Tränen in die Augen. Sie ballte die Fäuste.

»Ja. Das ist es.«

Eine Weile hörte man nichts außer dem leisen Ticken der Küchenuhr und dem gedämpften Tapptapp von Ivys Fuß auf dem Boden. Dann erhob sie sich.

»Gut. Geh zu deiner Pyjamaparty. Ich geh duschen.«

»Ich werde mich beim Putzen wirklich anstrengen, Mum.«

»Vergiss es. Ich will deine Hilfe nicht, Holly.«

»Mum! Das ist doch doof.«

Ivy blieb unter der Küchentür stehen und drehte sich um.

»Ja«, gab sie zu, und Holly konnte sich nicht erinnern, dass ihre Stimme jemals so traurig geklungen hatte. »Wahrscheinlich hast du recht. Aber so will ich es nun mal.«

Damit ging sie hinaus.

Holly weinte. Sie weinte aus Verzweiflung und weil ihr Leben ruiniert war.

FERN

Fern Marshall blinzelte. Die Straße vor ihr war eine kerzengerade Linie, die die Welt in zwei Hälften teilte. Es war leicht nachzuvollziehen, weshalb Leute während einer solchen Fahrt am Steuer einschliefen. Man konnte stundenlang fahren, ohne die Lenkradeinstellung merklich verändern zu müssen. Nach einer Weile hatte sie das Gefühl, als sei gar nicht sie es, die sich bewegte, sondern dass die Landschaft am

Wagenfenster vorbeizog. Wenn sie blinzelte, sah sie die Welt wieder etwas klarer. Für eine Weile wenigstens.

Über das Autoradio lief eine CD aus John Marsdens *Morgen war Krieg*-Reihe. Cassie liebte die Reihe und konnte die Bücher wieder und wieder hören. Sie hörte sie tatsächlich wieder und wieder, doch Fern erreichten die Worte, die den Wagen erfüllten, gar nicht.

Tat sie das Richtige? Das Richtige für Cass? Ihre eigenen Bedürfnisse waren zweitrangig. Sie nahm Cass alles, was sie kannte, alles, was bisher stabil und verlässlich war – ihr Zuhause, ihre Schule, ihre Jugendhelfer, die sie liebte und denen sie vertraute. Und ihren Vater natürlich. Und wofür? Ein Instinkt, dass es Cassie nach einem Umzug besser ginge? Dieser Instinkt wog nicht viel. Vor allem gemessen an dem, was verloren gehen konnte. Aber es fühlte sich richtig an und sie musste darauf vertrauen.

Im Radio führte Ellie gerade ihre Liebsten hinunter in die Hölle.

Fern hoffte, dass sie nicht dasselbe tat.

HOLLY

»Mum, sag mir, dass das nicht dein Ernst ist!«

»Ich weiß, Küken, ich weiß. Aber das Problem lässt sich nicht anders lösen.« Ivy wedelte hilflos mit den Armen. Der Schwamm in ihrer Hand verteilte schmutzige Wassertröpfchen auf Hollys Gesicht. »Das Gästezimmer ist einfach keine Option für Fern und Cassie. Überleg doch mal. Man müsste mit ihrem Rollstuhl den Flur hinunterfahren, dann in einem Neunzig-Grad-Winkel rechts um die Ecke biegen und gleich danach wieder links ins Gästezimmer. Es ist kein Platz zum Manövrieren, Küken.«

»Aber es ist mein Zimmer, Mum. Meines. Alle meine Sachen sind da drin. Es ist ein Teil von mir.«

Ivy nahm ihre Tochter in den Arm. Holly löste sich aus der Umarmung. Dass das Wasser aus dem Schwamm über ihren Rücken lief, merkte sie kaum.

»Ich weiß. Aber wenn wir das Gästezimmer erst hergerichtet haben, ist es wunderschön. Wir räumen natürlich deine ganzen Sachen um. Und es ist ja nicht für immer.«

»Das Gästezimmer ist winzig.«

Ivy verzog den Mund.

»Ich würde es nicht *winzig* nennen. *Kompakt* wäre der bessere Ausdruck.«

»Es ist winzig.«

»Und das ist noch ein Grund, weshalb wir es so machen müssen. Fern und Cassie brauchen zwei Einzelbetten. Die würden gar nicht ins Gästezimmer passen. Es sei denn, du willst dein Zimmer mit Cassie teilen.«

»Kommt nicht infrage.«

»Tja, dann sehe ich keine andere Möglichkeit.«

Holly sah auch keine andere Möglichkeit. Aber die Tatsache, dass der Umzug aus ihrem eigenen Zimmer in ein voll gestelltes, muffiges Gästezimmer die einzig praktikable Lösung war, bedeutete nicht, dass sie darüber glücklich sein musste.

»Es ist nicht fair«, maulte sie.

»Nein«, gab Ivy zu.

Sie schauten sich eine Weile an.

»Ich packe meine Sachen.«

Ivy nickte. »Danke, Küken.«

***

»Das verstehe ich doch«, beteuerte Demi Larson. »Nein, natürlich nicht. Die Familie hat Vorrang … Kein Problem, wirklich … Okay. Wir sehen uns dann am Montag, Holly … Klar … Bis dann. Tschüss.«

Sie klappte ihr Handy zu und wandte sich an Kari Williams und Georgia Glasson. Ihre Freundinnen brachten abwechselnd alle paar Minuten ihren Facebookstatus auf den neuesten Stand. Demis Zimmer war vollkommen autark – zumindest was digitale Medien betraf. Sie besaß eine Computerkonsole der neuesten Generation, einen Fernseher mit Plasmabildschirm, Heimkino und DVD-Spieler sowie ein leistungsstarkes HiFi Midisystem. Es gab Regierungsbehörden, die weniger gut ausgestattet waren.

»Sie kommt nicht«, berichtete Demi.

»Was meinst du damit?«, fragte Kari.

»Dass sie nicht kommt, das meine ich damit. Holly. Sie erwartet Besuch von Verwandten und glaubt, sie kann nicht zu Hause weg.«

»Ich wusste, dass sie ein Fehler war«, meinte Georgia.

Kari schnalzte mit der Zunge und schüttelte den

Kopf. Eine Einladung von Demi Larson ausschlagen? Unvorstellbar.

»Eine Einladung von mir hat noch niemand ausgeschlagen«, bemerkte Demi.

»Es ist unhöflich«, sagte Georgia.

»Es ist unverschämt«, sagte Kari.

»Es ist interessant«, sagte Demi.

HOLLY

Ivy Holley ging von einem Zimmer zum anderen. Sie trug eine große Messingglocke und summte leise vor sich hin. Beim Gehen strich sie mit einem Holzstab über den Rand der Glocke. Ein nachhallender Ton erfüllte das ganze Haus. Es klang wie das Geräusch, das entsteht, wenn man mit einem nassen Finger über den Rand eines Weinglases fährt, und brachte Hollys Zahnfüllungen zum Pochen. Sie saß auf ihrem frisch gemachten Bett in ihrem frisch gemachten Zimmer, hatte die Beine angezogen und die Arme darum geschlungen. Ivy geisterte mit ihrer Glocke rein und raus.

Holly war müde. Ihr kam es vor, als hätte sie nicht nur acht Stunden, sondern tagelang geschrubbt, gewischt und Sachen herumgeschleppt. Als sie in ihrem alten Zimmer ihr Bett verrückte, entdeckte sie darunter eine Müllhalde. Verstaubte Bücher, Zettel, ein Sortiment Kuscheltiere und die eine oder andere Spinne. Ein kleiner Bagger wäre ganz praktisch gewesen. Jetzt war alles weggeräumt (wieder unter ihrem Bett im Gästezimmer). Ihre Muskeln schmerzten. Sie wollte nur noch eines: sich hinlegen und schlafen. Sie hätte es tun können – ihre Gäste sollten erst in zwei Stunden kommen –, wäre da nicht der musikalische Auftritt ihrer Mutter gewesen. Dabei konnte kein Mensch schlafen.

»Was machst du denn da, Mum?«, fragte sie ungehalten, als ihre Mutter das nächste Mal in ihr Zimmer kam.

»Purifizieren, Küken.« Ivy baute die Antwort in ihren Singsang ein.

»Purifizieren?«

»Negative Strömungen ausschalten, den Energiefluss reinigen. Purifizieren.«

»Kannst du bitte damit aufhören? Negative Energie

hier drin ist mir noch lieber als dieser Heulton. Ich bekomme Kopfschmerzen davon.«

Ivy stellte die Glocke auf eine Kommode und setzte sich auf die Bettkante. Sie streichelte Hollys Bein.

»Ich bin sehr stolz auf dich, Küken. Du hast schwer gearbeitet, und ich weiß, welches Opfer du gebracht hast.«

Nein, weißt du nicht, dachte Holly, doch für eine Auseinandersetzung fehlte ihr die Energie.

»Aber das Ergebnis kann sich sehen lassen«, fuhr Ivy fort. »Wie findest du dein neues Zimmer? Ich finde es ausgesprochen gemütlich.«

Holly blickte sich in ihrem neuen Zimmer um. Viel Zeit brauchte sie dazu nicht. Sie hatte schon geräumigere Schuhschachteln gesehen. Wenn sie die Arme ausbreitete, fehlte nicht viel und sie konnte rechts und links die Wände berühren. Wäre sie ein wenig größer gewesen, hätte sie auch die Decke erreichen können, an der direkt über ihrem Bett ein irritierender Fleck war. Ein unbestimmter Geruch, der ganz entfernt an Katzenpisse erinnerte, hing in der Luft. Gemütlich war jetzt nicht unbedingt der

Ausdruck, den Holly gewählt hätte. Vielleicht deprimierend. In jedem Fall klaustrophobisch.

»Es ist okay.«

Ivy tätschelte ihr Knie.

»Du ruhst dich jetzt aus, Liebes. Schlaf ein bisschen. Ich bereite derweil das Abendessen vor. Ich dachte an eine Auberginen-Linsen-Lasagne. Was hältst du davon?«

»Nein, Mum, bitte nicht. Können wir uns nicht was vom Chinesen kommen lassen?« Holly war zu müde für diplomatische Winkelzüge. Und sie hatte das Gefühl, dass sie was guthatte – für ihren Verzicht auf die Pyjamaparty, die Räumung ihres Zimmers und die Schufterei. Wenn sie jetzt nicht offen ihre Meinung sagen konnte, würde sie es nie können.

»Essen vom Chinesen? Wäre das nicht unhöflich, wenn wir Gäste haben?«

Entschieden weniger unhöflich, als sie zu zwingen, eine deiner Kreationen zu essen, dachte Holly. Andererseits … Wenn irgendetwas die Einsicht in ihnen reifen lassen konnte, dass ein Aufenthalt im Haushalt der Holleys ein schwerer und möglicherweise lebensbedrohlicher Fehler war, war es eine Auberginen-

Linsen-Lasagne. Wahrscheinlich wären sie innerhalb einer Woche wieder weg. In zwei Tagen, falls ihre Mutter richtig in Form war. Aber Holly lechzte nach etwas vom Chinesen und Selbstgekochtes würde dann eben am nächsten Tag auf den Tisch kommen. Der Abschreckungsfaktor würde so nur verschoben werden.

»Nein. Es ist doch möglich, dass sie keine Vegetarier sind, und wenn wir verschiedene Gerichte bestellen, ist für jeden etwas dabei«, erwiderte Holly. *Und ihr Hühnchen mit Cashewnüssen und gebratenem Reis ist zum Niederknien*, fügte sie in Gedanken hinzu.

Ivy öffnete den Mund und schloss ihn wieder, ohne etwas gesagt zu haben.

»Außerdem hätten wir weniger abzuwaschen und mehr Zeit zum Reden«, ergänzte Holly.

Ivy gab sich geschlagen. »Okay. Vielleicht ist die Idee gar nicht so schlecht. Und ich könnte, um ehrlich zu sein, auch eine kleine Auszeit gebrauchen, bevor sie kommen.«

»Bestell auf jeden Fall das Hühnchen mit Cashewnüssen und gebratenem Reis.«

»Hühnchen für mein Küken? Kein Problem.«

Holly ging zwar davon aus, dass sie zu müde sei zum Schlafen, schloss aber dennoch die Augen. Innerhalb von Sekunden war sie eingeschlafen und träumte, Demi würde bei der Morgenversammlung sämtlichen Mädchen in der Schule Einladungen zu einer Pyjamaparty überreichen. Lächelnd ging sie die Reihen entlang und drückte goldbedruckte Karten in jede Hand. Als sie zu Holly kam, ging sie schnurstracks vorbei. Schaute sie nicht einmal an. Holly wurde rot. Sie senkte den Blick und schaute auf einen Teller mit Hühnchen und Cashewnüssen. Das Essen wimmelte nur so von Maden. Sie schrie, stieß es von ihrem Schoß und sprang auf. Raph McDonald stand direkt vor ihr. Seine Designerjeans war voller weißer Larven und Klumpen von gebratenem Reis. Als er den Blick hob und Holly anschaute, stand unverhohlener Hass in seinen Augen. Immer wieder rief er ihren Namen. »Holly, Holly, Holly.« Schließlich nahm die gesamte Versammlung den Ruf auf und von jeder Silbe tropfte Verachtung. Der Rektor stand auf dem Podium, klatschte in die Hände und gab der ganzen Schule den Rhythmus vor. »Holly, Holly, Holly.«

»Holly, Holly! Sie sind da. Los, Küken, komm in die Gänge.«

Holly setzte sich mit einem Ruck im Bett auf. Ihr Herz hämmerte. Sie brauchte eine oder zwei Sekunden, um den Traum und die Stimme ihrer Mutter voneinander zu trennen. Dann wusste sie wieder, wo sie sich befand, und schwang die Beine über den Bettrand. In ihrem neuen Zimmer war es dunkel, doch der Geruch schien strenger zu sein. Holly tastete sich zur Tür vor. Ein Lichtfleck am Ende des ebenfalls dunklen Flurs half ihr, den Weg zur Küche zu finden. Als sie dort ankam, war niemand da. Während sie die paar Schritte zur offenen Haustür ging, rieb sie sich den Schlaf aus den Augen. Am Straßenrand parkte ein fremdes Auto. Die Fahrertür stand offen. Die Straßenlampe zwanzig Meter weiter warf ein schummriges Licht darauf. Hollys Mutter hob die Hand und berührte das Gesicht ihrer Schwester, dann hieß sie sie mit einer festen Umarmung herzlich willkommen.

Holly holte tief Luft und ging den Gartenweg hinunter.

HOLLY

Ich heiße Holly Holley und habe keine Ahnung, was mich erwartet.

Klar, Mum hat mir von Cassie und ihrer Zerebralparese erzählt, aber das ist nicht dasselbe, als der Betroffenen von Angesicht zu Angesicht gegenüberzustehen. Und die Erinnerung an meine letzte Begegnung mit Cassie liegt tief in den Schatten der Kindheit begraben. Mehr als verschwommene Bilder kann ich nicht hervorlocken. Ich bin nervös, als ich den Weg hinuntergehe.

Mum und Tante Fern stehen so eng beieinander, dass es aussieht, als seien sie zu einer einzigen Person verschmolzen. Und sie schluchzen beide. Selbst als sie sich einen Augenblick voneinander lösen, schauen sie sich nur an, brechen wieder in Tränen aus und umarmen sich sofort erneut. Ich bleibe stehen, merke, dass ich ein dümmliches Lächeln auf dem Gesicht habe, und überlege, ob ich vielleicht ein Brecheisen aus der Garage holen sollte.

Doch mein Blick wandert immer wieder zum

Wagen. Erwachsenenumarmung ist zu keiner Zeit ein wirklich prickelnder Zuschauersport und unter diesen Umständen am allerwenigsten. Obwohl das Innenlicht im Wagen brennt, erkenne ich nicht viel. Das unförmige Gebilde, das meine Mum und Tante Fern darstellen, verdeckt immer wieder den Blick. Auf der Beifahrerseite sitzt eine zusammengekauerte Gestalt. Sie hat das Gesicht von mir abgewendet. Einzelheiten auszumachen, ist schwierig, und ich will sie nicht anstarren. Als die Umarmungsorgie endlich vorbei ist, legt Mum Tante Fern die Hände auf die Schultern und tritt einen Schritt zurück, um sie richtig anschauen zu können.

»Du siehst super aus, Fern«, sagt sie.

»Ja, klar«, erwidert Tante Fern. »Ich bin heute neunhundert Kilometer gefahren. Ich bin müde, schmutzig und könnte wetten, dass ich aussehe, als hätte man mich rückwärts durch eine Hecke geschleift. Du solltest mal zum Augenarzt gehen, Schwesterherz.« Sie blickt in meine Richtung und lächelt. Sie sieht wirklich müde aus. »Da ist ja Holly. Meine Güte, bist du gewachsen.«

Ich muss acht gewesen sein, als wir uns das letzte

Mal gesehen haben. Mein Wachstum sollte also niemanden überraschen. Aber das sage ich natürlich nicht laut. Ich sage auch nicht, dass ich zwar gewachsen sein mag, aber nicht annähernd genug.

»Hallo, Tante Fern«, begrüße ich sie stattdessen. Mein Lächeln fühlt sich an, als sei es auf meinem Gesicht eingetrocknet.

»Lass mich dich in den Arm nehmen«, bittet sie. Offenbar hält sie Umarmungen für ihre Stärke.

Es ist kalt hier draußen und es nieselt. Wenn wir alle an Lungenentzündung sterben, ausgelöst durch exzessives Umarmen, würde es mich nicht wundern. Sie drückt mich trotzdem an sich. Sie riecht nach Staub und angetrocknetem Schweiß, aber ich muss es nicht lange aushalten. Tante Fern schaudert, tritt zurück und reibt sich die Augen.

»Ich bin fix und fertig«, gibt sie zu.

Mum beugt sich in den Wagen.

»Die Kleine schläft wie ein Murmeltier«, stellt sie fest. »Wie hat sie die Reise überstanden?«

»Zum Ende hin ist sie ein bisschen unleidig geworden«, erzählt Tante Fern. »Ich kann's ihr nicht verdenken. Ich war auch unleidig. Vor einer halben

Stunde etwa ist sie eingeschlafen. Aber sie hat während der letzten beiden Tage nicht annähernd genug Schlaf bekommen. Gut möglich, dass sie schlechte Laune hat, wenn sie aufwacht. Wir bringen sie am besten rein.«

Sie öffnet die hintere Wagentür und zerrt den zusammengefalteten Rollstuhl heraus. Mum macht sich im Kofferraum zu schaffen und zieht Koffer heraus. Ich hebe einen hoch. Hat Tante Fern eine Leiche darin versteckt? Es reißt mir fast den Arm aus. Ich finde den Griff an der Seite, ziehe ihn heraus und rolle das Ding ins Haus. Als ich es in meinem ehemaligen Zimmer abstelle, höre ich das Kreischen vor dem Haus.

Cassie sitzt im Rollstuhl und ist sauer. Junge, Junge, ist die vielleicht sauer. Von ihrem Gesicht kann ich immer noch nicht viel erkennen. Der Rollstuhl hat eine eingebaute Kopfstütze mit Seitenschutz, aber sie wirft den Kopf vor und zurück. Ich sehe nur dunkles Haar und erhasche einen kurzen Blick auf ein verzerrtes Gesicht. Ein dünner Arm fährt durch die Luft. Aber am schlimmsten ist das Geräusch. Schreien kann man es nicht nennen. Es ist ein hohes Heulen wie von einer Katze, die gequält wird, und es lässt meine Nackenhaare zu Berge stehen. Mir ist kalt.

Auf der anderen Straßenseite bewegen sich Vorhänge. Der alten Mrs Gallagher, der neugierigsten Person in der ganzen Nachbarschaft, entgeht nichts.

Tante Fern kauert neben dem Rollstuhl, spricht mit ihrer Tochter, versucht, ihr übers Gesicht zu streichen. Aber ich kann nicht hören, was sie sagt. Es wird von dem Geheul übertönt. Irgendwann gibt sie auf und schiebt den Rollstuhl über den Weg ins Haus. Auf der gegenüberliegenden Straßenseite bewegen sich die Vorhänge erneut. Ich hole den nächsten Koffer vom Bürgersteig.

Und so tritt Cassie in mein Haus und in mein Leben. Heulend, kreischend und um sich schlagend wie eine arme Seele, die tief in den Bauch der Hölle gezogen wird.

***

»Wie geht es ihr?«, fragte Ivy.

Fern saß am Küchentisch und hatte das Gesicht in die Hände gelegt. Sie rieb sich die Schläfen und seufzte.

»Besser. Ich glaube, sie schläft bald. Es tut mir so leid, Ivy. Ganz so habe ich mir unser Wiedersehen nicht vorgestellt.«

»Sie ist müde, das arme Ding.«

»Sie ist völlig erschöpft. Die Fahrt war ein Albtraum. Und dazu kommt natürlich noch das ganze Gefühlschaos. Ich habe ihr alles genommen, was ihr Sicherheit gab.«

Die Schwestern saßen sich am Tisch gegenüber. Alles war still bis auf das leise Trommeln des Regens auf dem Dach.

»Es tut mir sehr leid wegen Holly«, sagte Fern nach einer Weile. »Wir haben sie aus ihrem Zimmer vertrieben.«

»Mach dir keine Gedanken deshalb. Sie ist auch müde. Wir haben beide den ganzen Tag umgeräumt.«

Fern nickte.

»Ich nehme an, du fragst dich, weshalb wir überhaupt hergekommen sind. Warum ich Cass ihren Vater genommen habe.«

»Wir müssen jetzt nicht darüber reden, Fern«, wehrte Ivy ab.

»Doch, ich möchte es dir erzählen.«

Und das tat sie.

Danach weinte sie.

HOLLY

Ich heiße Holly Holley und kann garantiert nicht einschlafen.

Der Geruch ist stärker geworden. Der Regen hat ihn verstärkt.

Wenigstens hat das Kreischen aufgehört. Jetzt ist alles still, bis auf das leise Klopfen der Regentropfen und das seltsame Knarren eines Hauses, das sich zur Ruhe begibt.

Es ist nicht fair.

Ich liege im Bett und bekomme Kopfschmerzen von dem Geruch im Zimmer. Ich denke an Demi und die Pyjamaparty. Was sie jetzt wohl machen. Aber es tut zu sehr weh, und ich versuche, an etwas anderes zu denken. Ich denke daran, wie schnell Cassie in ihr Zimmer gebracht wurde – in *mein* Zimmer. Ich denke an das Hühnchen, das ich nicht gegessen habe, weil Fern und Mum mit Cassie beschäftigt waren und schnell klar war, dass nichts passieren würde – kein Smalltalk mit den Neuankömmlingen über ihre Reise. Kein gemeinsames Essen. Die Vorstellung, allein zu essen, war zu deprimierend.

Ich bin Holly Holley und ich bin klein, ich bin hässlich und ich bin dick. Ich habe nur eine Freundin auf der ganzen Welt und die interessiert sich mehr für Bücher als für Jungs. Und jetzt liege ich in einem fremden Zimmer, während Fremde in meinem liegen. Und sie sind der Grund, weshalb ich meine Chance bei Demi vertan habe.

Es ist nicht fair.

CASSIE

Dieses Zimmer riecht nach Unglück und nicht allein nach meinem.

Ein Teil davon ist auch ihres. Hollys. Das Mädchen, dem die Angst ins Gesicht geschrieben steht. Sie will mich hier nicht haben. Ich will mich hier auch nicht haben.

Ich bin jetzt leer. Als Mum mich berührt hat, mich aus dem Schlaf geholt hat, sah ich den Regen auf der Wind-

schutzscheibe. Die Welt ist auf mich eingeprasselt und ich war voll. Etwas ist dann in mir geplatzt, eine Blase, angestochen von scharfen Bildern von Dad, unserem Haus und von Gesichtern, die ich nie mehr wiedersehen werde. Und das Geplatzte schwoll zu einer dunklen Welle an. Sie hat mich weggetragen.

Hierauf habe ich mich zubewegt. Auf dieses unglückliche Zimmer.

Und obwohl ich jetzt ganz leer bin und nur noch erschöpft, kann ich mir nicht vorstellen, dass es gut ausgehen wird.

Es ist nicht fair.

3

HOLLY

Als Holly um halb sieben von klingelnden Glocken aus dem Schlaf gerissen wurde, stellte sie sich als erste Reaktion die Frage, welche durchgeknallte Person das Haus um diese Uhrzeit von negativer Energie zu reinigen versuchte. Hauptverdächtige war ihre Mutter. Eigentlich war sie die *einzige* Verdächtige. Doch dann merkte Holly, dass es ein ganz anderes Geräusch war. Kein anhaltender Summton, sondern eine Reihe unterschiedlicher Töne, ebenso zart wie hartnäckig. Sie versuchte kurz, hinter den Ursprung des rätselhaften Klingelns zu kommen, schlief dann jedoch wieder ein.

Als sie zum zweiten Mal aufwachte, schien die Sonne durch die Vorhänge und es war Viertel vor neun. Ihr neues Zimmer sah bei Tageslicht kein bisschen besser aus. *Dem Himmel sei Dank für Aktionsplan 2,* dachte sie. Obwohl Hollys Schicht im Kino erst um elf begann, zog sie sich sofort an und war um neun aus dem Haus. Ohne Frühstück. Sie nahm sich nicht einmal die Zeit, auf die Waage zu steigen. Sie hörte leise Stimmen in der Küche – hatte aber nicht die Kraft hineinzugehen. Also brüllte sie nur ein kurzes »Tschüss« und verließ rasch das Haus. Dass ihre Mutter ihren Namen rief, ignorierte sie. Wahrscheinlich wollte sie ihre Fahrdienste anbieten. Holly lief den Gartenweg hinunter und die Straße entlang zur Bushaltestelle. Dabei betete sie, dass ihre Mutter ihr nicht mit dem Wagen nachkam. Erst als sie im Bus saß, konnte sie sich entspannen.

Ihre Schicht ging von elf bis fünf. Normalerweise war sie um halb sechs wieder zu Hause. Aber nicht an diesem Abend. An diesem Abend würde sie sich noch einen Film ansehen. Sie bekam schließlich Freikarten. Zwei, um genau zu sein. Sie zog ihr Handy aus der Tasche.

lust auf kino um 5?

hab freikarten.

holly xx

Falls keine Antwort kam, würde sie trotzdem gehen. Dann eben allein. Es spielte auch keine Rolle, dass sie die meisten Filme schon kannte.

Sie war einfach in Stimmung dafür.

IVY

»Ich weiß nicht, was in das Mädchen gefahren ist«, sagte Ivy. »Sie ist wie von der Tarantel gestochen davongerannt.«

»Das ist das Alter. Es fährt in sie«, meinte Fern. Sie kratzte den letzten Rest Rührei zusammen und schob ihn Cassie in den Mund. »Eins steht fest, Cass. Deinem Appetit hat die Fahrt nicht geschadet. Wie hat meine Großmutter immer gesagt? Ich würde dich lieber eine Woche hierbehalten als vierzehn Tage.«

Ivy saß auf dem Stuhl neben Fern und beugte sich zu Cassies Rollstuhl vor.

»Wie hast du geschlafen, Kleines?«, fragte sie.

Cassie drehte den Kopf, lächelte und stieß ein leises Gurgeln aus. Sie hob die Hand, die Finger gekrümmt, als seien sie nach einem Bruch sehr schlecht gerichtet worden, und winkte. Ivy schaute Fern an.

»Sie sagt, sie hätte wunderbar geschlafen«, übersetzte Fern. »Umso besser, denn um ehrlich zu sein, ich lag im Koma. Und jetzt fühlen wir beide uns wie runderneuert und könnten Bäume ausreißen, nicht wahr, Kleine?«

»Bist du sicher, dass ihr euch heute nicht einfach noch ein bisschen ausruhen wollt?«, fragte Ivy.

»Was meinst du, Cass? Ausruhen oder Party?«

Cassie strahlte, als ihr Körper sich verkrampfte. Ihr Blick war weiter auf Ivy gerichtet. Dieser fiel auf, wie intensiv braun die Augen waren. Und dass sie glitzerten. Kleine Lichtblitze tanzten in den Pupillen.

»Sieht nach eins zu null für Party aus«, meinte Fern. »Ich spüle nur rasch das Frühstücksgeschirr ab, dann düsen wir los. Wollen mal sehen, was der Ort für zwei Touristen aus dem Norden des Landes zu bieten hat. Ist das okay für dich, Schwesterherz?«

»Nein. Dass du das Geschirr abwäschst, kommt überhaupt nicht infrage.«

HOLLY

Raph McDonald tauchte zur Zwölf-Uhr-dreißig-Vorstellung auf.

Holly hatte gerade einem älteren Ehepaar zwei Karten für ein sehr brutales Roadmovie verkauft, als Raph wie eine Erscheinung auf der anderen Seite des Tresens stand. Hollys Mund trocknete aus, und ihre Zunge wurde zu Gummi, bevor sie vollends abstarb. Einen Augenblick lang starrte sie ihn so verdutzt an wie jemand, dem man einen Baseballschläger auf den Hinterkopf gedonnert hat. Er lächelte und seine Zähne blitzten.

»Hey. Wie geht's, Hayley?«

Direkt von Raph McDonald angesprochen zu werden, erweckte die toten Muskeln in ihrer Zunge zu neuem Leben. Wie bei diesen Arztserien, wo sie jemandem zwei Plättchen auf die Brust kleben und »Okay, los!« rufen.

Mir gefällt der Name Hayley, dachte Holly. *Ein schöner Name.*

»Hi, Raph«, grüßte sie mit klopfendem Herzen

zurück. Er war mit ein paar seiner Kumpels vom Basketball-Team der Schule gekommen. Sie waren genau wie er groß, schlank und durchtrainiert. Aber sie spielten nicht in seiner Liga. Holly hatte mal ein Probespiel beim Basketball-Team der Mädchen an ihrer Schule absolviert und festgestellt, dass sie eine Leiter bräuchte, um einen Korb zu werfen – und dann wahrscheinlich trotzdem nicht treffen würde. »Welchen Film wollt ihr sehen?«, fragte sie.

Raph kaufte Karten für einen Film, den Holly bereits eine Woche zuvor gesehen hatte. Sie hatte ihn nur angeschaut, weil sie alle anderen schon kannte. Er handelte von ein paar Jungs, die ihren Kopf in Toilettenschüsseln stecken, in Einkaufswagen die Hauptstraße hinunterpreschen und ihre Fürze lustigerweise an höchst unangemessenen Orten anzünden. Holly fand ihn nicht witzig, die restlichen Kinobesucher schon. Sie brüllten vor Lachen. Da sie das einzige Mädchen im Publikum war, führte sie es auf geschlechtsspezifische Unterschiede zurück.

Raph kaufte genügend Popcorn und Cola, um ein Dorf in der Dritten Welt monatelang am Leben zu erhalten. Holly beugte sich über den Tresen und blickte sich nach allen Seiten um, als wollte sie sich vergewissern, dass keine Spione in der Nähe waren.

»Hättest du gern Eiskonfekt, Raph? Umsonst?«

»Klar, das wäre cool.«

Holly lachte. Wie geistreich er doch war! Raph verzog keine Miene.

»Allerdings nur für dich«, fügte sie hinzu. »Für deine Kumpels geht es nicht. Das würde mich meinen Job kosten.«

»Klar«, erwiderte er noch einmal. »Danke, Hayley.«

Holly beobachtete Raph und seine Freunde, wie sie unter der Last ihrer Popcorn- und Getränkebecher zum Eingang wankten. Er blickte sich nach ihr um, sagte etwas zu einem seiner Freunde und lachte. Seufzend zog sie einen Fünf-Dollar-Schein aus ihrem Geldbeutel.

Die Preise für Eiskonfekt waren echt unverschämt.

***

Fern und Ivy kauften in einem Feinkostgeschäft im Stadtzentrum Brot sowie verschiedene Aufstriche und Knabbereien und gingen zu Fuß zu einem Park gleich oberhalb des Flusses. Sie breiteten eine Decke auf der

Wiese aus, legten das Essen auf Plastikteller und verteilten Plastikbesteck und Pappbecher. Fern goss Milch in einen der Becher und hob ihn an Cassies Lippen.

Eine ganze Weile sagte niemand etwas. Der Park war wunderschön. Die Äste an den Bäumen bewegten sich in der sanften Brise, der Fluss schlängelte sich glitzernd dahin, die Menschen lagen entspannt im Gras oder schlenderten die Wege entlang. Ein Brunnen zog eine Gruppe von Kindern an. Sie liefen in den Sprühnebel rund um das Becken und kreischten vor Freude.

Ivy brach das Schweigen.

»Was hast du als Erstes vor, jetzt da du hier bist?«

Fern seufzte. »Ich habe viel zu viele Dinge auf meiner Liste. Job, Haus, eine Schule für Cassie finden. Das sind die wichtigsten. Gleich morgen früh fangen wir an, nicht wahr, Kleine?«

»Welche Art von Schule? Eine Sonderschule?«

Fern warf eine Olive in die Luft und fing sie mit dem Mund auf. Cassie kreischte vor Lachen. Fern lächelte.

»Das bringt dich immer wieder zum Lachen, was, Liebes?« Sie wandte sich wieder an Ivy. »Ja, es sollte eine besondere Schule sein. Sie sollte besondere Lehrer haben, einen besonderen Rektor, besondere Schüler. Darunter mache ich es nicht für Cass. Wie sieht es mit Hollys Schule aus? Taugt sie was?«

»Sie hat einen guten Ruf.«

»Okay, dann versuchen wir es dort zuerst. Fühlen ihnen mal auf den Zahn. Schauen, ob sie besonders genug sind. Hallo!«

Ein Junge war neben der Decke stehen geblieben. Er war ungefähr sechs Jahre alt. Bald kam ein Mädchen dazu, vielleicht ein Jahr jünger. Dem Aussehen nach waren sie Geschwister. Der Junge steckte einen schmutzigen Finger in seine Nase und bohrte. Dann zog er ihn wieder heraus und rieb das schleimige Kügelchen zwischen Daumen und Zeigefinger. Dabei schaute er die ganze Zeit Cassie an. Auch das Mädchen blickte sie mit großen runden Augen an.

»Warum sitzt sie im Rollstuhl?«, fragte der Junge unvermittelt.

»Cassie kann nicht laufen«, antwortete Fern.

»Warum nicht?«

»Cassie hat etwas, das man Zerebralparese nennt. Das heißt, ihr Körper tut nicht das, was sie ihm sagt.«

»Warum wedelt sie mit den Armen?«

»Aus demselben Grund.«

»Kann sie reden?«

»Ja. Sie redet gerade.«

Der Junge runzelte die Stirn und überlegte einen Augenblick.

»Sie redet nicht. Sie schreit.«

»Das ist ihre Art zu reden.«

»Ich verstehe nicht, was sie sagt.«

»Ich schon. Man muss es lernen. Wenn du lange genug mit Cassie zusammen wärst, würdest du sie auch verstehen.«

»Und was sagt sie?«

»Dass du Rotz an den Fingern hast.«

Der Junge schaute auf seine Hand und wischte sie an seiner Shorts ab.

»Ist sie dumm?«

»Nein. Cassie ist sehr clever.«

»Oh. Okay. Tschüss.«

»Ciao.«

Der Junge ging wieder zum Brunnen. Das Mädchen rührte sich nicht von der Stelle. Also kam der Junge zurück, packte sie am Arm und zog sie fort.

Ivy lachte. »Erlebst du das oft?«

»Ja. Kinder fragen einfach. Und wenn du ihnen antwortest, akzeptieren sie die Antworten auch.«

»Und Erwachsene?«

»Tja, Erwachsene. Sie sind das eigentliche Problem.«

HOLLY

Ich heiße Holly Holley und hasse es, in einen Kinosaal zu gehen, wenn die Vorstellung bereits begonnen hat. Selbst wenn nur bescheuerte Werbung und die ganzen blöden Vorschauen laufen.

Amy ist noch nicht da. Ich schaue immer wieder auf die Uhr und tippe ungeduldig mit dem Fuß auf den Boden. Nichts scheint zu helfen. Endlich stürmt sie ins Foyer, total verschwitzt und zerzaust.

»Tut mir leid, dass ich zu spät komme, Holly«, keucht sie.

»Macht nichts«, lüge ich.

»Mum hat sich verspätet.«

»Egal.« Ich gehe zur Saaltür. »Lass uns reingehen.« Ich habe bereits Popcorn und Getränke besorgt.

Amy nimmt mir die beiden Pappbecher ab, während ich die Karten aus der Tasche fische.

»Was läuft?«, erkundigt sie sich.

»Eine Liebeskomödie. Kate Hudson spielt mit.«

»Hast du nicht letzte Woche gesagt, der Film sei absoluter Schrott?«

»Beim zweiten Mal Anschauen wird er besser.«

»Aber bei mir ist es das erste Mal. Und woher willst du wissen, dass er besser wird, wenn du ihn erst einmal gesehen hast?«

Wir stehen vor Saal 3. Drinnen ist es dunkel und ich höre leise Stimmen aus den Lautsprechern.

»Pass auf, Amy.« Mein Fuß wippt wieder. »Willst du den Film sehen oder nicht? Du musst schließlich dein Taschengeld nicht dafür opfern.«

Bei den Worten zuckt sie zusammen, sagt aber nichts. Wir betreten den Saal, als der Vorspann gerade losgeht. Wahrscheinlich sollte ich dankbar sein, aber Tatsache ist, dass Werbung und Vorschau besser sind als der Film. Letzte Woche fand ich ihn schrecklich. Heute finde ich ihn unerträglich. Etwas, das als Liebeskomödie angekündigt wird, sollte in meinen Augen wenigstens eine Spur Liebe sowie den Hauch einer Komödie beinhalten. Vielleicht bin ich ja altmodisch.

Dieser Schinken beinhaltet weder noch. Er ist noch schlechter, als ich in Erinnerung hatte.

Amy scheint allerdings nicht allzu enttäuscht, als wir blinzelnd ins hell erleuchtete Foyer treten.

»Das war okay«, meint sie. »Nur die Handlung war etwas lahm.«

»Genau – sie hat ungefähr denselben Unterhaltungswert wie eine neue Zahnfüllung«, erwidere ich. »He, hast du Lust auf einen Burger? Ich hab den ganzen Tag noch nichts gegessen außer Popcorn und bin am Verhungern.«

Amy schaut auf ihre Uhr. »Na ja … es ist schon ein bisschen spät und ich muss noch Hausaufgaben machen. Solltest du nicht auch nach Hause gehen? Ich meine, wegen euren Gästen und so?«

»Ich hab ihnen gesagt, dass es später wird. Sie warten nicht auf mich. Komm schon, Amy.« Ich versuche nicht einmal, den Ärger aus meiner Stimme herauszuhalten. »Mach dich doch mal locker.«

Sie tritt von einem Fuß auf den anderen und schaut wieder auf die Uhr.

»Na ja … ich nehme mal an …«

»Gut«, unterbreche ich sie. »Und du bezahlst.«

Von mir waren schließlich das Popcorn *und* die Eintrittskarten.

HOLLY

Holly hatte kaum den Schlüssel in der Haustür umgedreht, als Ivy schon über sie herfiel.

»Ich bin fast verrückt geworden vor Sorge. Warum kommst du so spät nach Hause?«

Holly brachte eine erstaunte Miene zustande.

»Mum, ich hab dir eine SMS geschickt, dass ich mir mit Amy einen Film anschaue und wir danach noch was essen.«

»Du weißt, dass ich nie auf mein Handy schaue. Warum hast du nicht auf dem Festnetz angerufen?«

Es stimmte. Ivy hatte zwar ein Handy, benutzte es aber nicht gern. Sie hatte Holly erzählt, dass es einmal geklingelt hatte, als sie im Auto unterwegs war. Sie erschrak so sehr, dass sie fast eine ganze Reihe älterer Leute an einer Bushaltestelle umgefahren hätte. Seither ließ sie es praktisch immer ausgeschaltet. Holly hielt es für den teuersten Briefbeschwerer aller Zeiten.

Jetzt stemmte sie die Hände in die Hüften und blickte ihre Mutter finster an.

»Es ist nicht meine Schuld, dass du nie deine Nachrichten checkst. Und auf dem Festnetz konnte ich nicht anrufen, weil ich nur noch ungefähr fünfzehn Cent Guthaben habe. Worin liegt der Sinn eines Handys, wenn du nie draufschaust, Mum? Das ist doch bescheuert. Ich habe dir eine SMS geschickt, und es ist nicht meine Schuld, dass du sie nicht gelesen hast.«

»Ich habe versucht, dich auf dem Handy zu erreichen, aber es war abgeschaltet«, sagte Ivy.

»Klar. Ich war im Kino, Mum. Hallo?«

Wären sie allein gewesen, wäre Ivy ausgerastet. Aber Holly wusste, dass sie an Fern und Cassie in der Küche dachte.

»Okay, Küken. Aber ich habe mir Sorgen gemacht. Das ist alles. Komm rein. Fern und Cassie sitzen in der Küche. Wir haben dir noch was vom Abendessen aufgehoben.«

»Danke, aber ich hab schon gegessen, Mum.« Holly war nicht scharf darauf, in die Küche zu gehen. Sehnsüchtig blickte sie zu ihrem Zimmer, folgte ihrer Mutter aber und setzte sich an den Küchentisch. Fern stand an der Spüle und trocknete Geschirr ab. Cassie saß im Rollstuhl und summte leise vor sich hin. Holly fing ihren Blick auf und schaute weg.

»Hallo, Leute«, begann sie in einem verzweifelt fröhlichen Ton. »Hattet ihr einen schönen Tag?«

Fern polierte einen Teller. »Hallo, Holly. Super, danke. Wir haben ein Picknick gemacht und danach die Stadt besichtigt. Wie war's bei dir? Wie war die Arbeit?«

»Langweilig.«

»Schade, dass du nicht mit uns kommen konntest. Wir hatten Spaß, nicht wahr, Kleine?«

Cassie strahlte übers ganze Gesicht. Holly schaute sie zum ersten Mal richtig an. Sie hatte dichte dunkle Locken, die ihr bis auf die Schultern fielen. Holly hätte ihren rechten Arm für solche Haare gegeben. Was sie damit alles hätte machen können! Doch was sie fesselte, war Cassies Gesicht. Sie zeigte große weiße Zähne beim Lächeln, aber in dem Lächeln lag so viel mehr. Holly hatte immer geglaubt, der Ausspruch, das Mienenspiel könne ein Gesicht zum Leuchten bringen, sei lediglich dichterische Freiheit. Jetzt verstand sie, dass ein Lächeln mehr war als ein Verziehen der Lippen und das Aufblitzen weißer Zähne. Jeder Zentimeter von Cassie lächelte. Und ihre Augen! Sie waren so groß und von einem so dunklen Braun. Während sie hineinschaute, überkam Holly plötzlich ein ganz merkwürdiges Gefühl. Es war, als könnte sie sich aus Cassies Perspektive sehen. Als steckte sie tief drin im Körper des Mädchens und blickte heraus. Und was sie sah, war traurig. Fast musste sie sich zwingen, den Blickkontakt abzubrechen. Als sie wieder hinschaute, waren die Augen immer noch außergewöhnlich, was ihre Tiefe und die Empfindungen anging, die sich darin spiegelten. Aber der besondere Moment war vorbei.

»Das freut mich«, sagte sie. »Vielleicht das nächste Mal.«

»Möchtest du noch etwas essen?«, fragte Fern. »Eine meiner Spezialitäten. Spaghetti Carbonara. Bei deiner Mutter haben wir den Schinken natürlich weggelassen, aber Cassie und ich sind bekennende

Fleischfresser. Wir haben dir einen Teller der nichtvegetarischen Version aufgehoben.«

Die Versuchung war groß. Der Burger war dünn und geschmacklos gewesen und Holly hatte bereits wieder Hunger. Aber sie hatte ihrer Mutter gesagt, dass sie schon gegessen hatte. Das war wieder mal typisch. Da gab eine anständige, selbst gekochte Mahlzeit ein Gastspiel in ihrem Haus und sie hatte nichts davon. Es war nicht fair. Kaum noch etwas war fair.

»Nein danke, Tante Fern, ich hab schon gegessen.« Dann hatte Holly einen Geistesblitz. »Ich könnte es aber morgen mit in die Schule nehmen, als Mittagessen, wenn das okay ist.«

»Ausgezeichnete Idee«, fand Ivy.

Holly nahm die Milch aus dem Kühlschrank und schenkte sich ein Glas ein. Sie wollte noch ein paar Minuten warten, bevor sie sich entschuldigte und ins Bett ging. Fern räumte den letzten Teller weg und hängte das Geschirrtuch über den Herdgriff.

»Oh, könntest du Cassie bitte auch ein Glas einschenken, wenn du schon dabei bist? Sie trinkt so viel von dem Zeug, dass ich bereits daran gedacht habe, in eine Kuh zu investieren.«

»Klar.« Holly blickte sich um. Hatte Cassie eine spezielle Tasse? Sie sah keine und Fern hatte um ein Glas gebeten. Also füllte sie ein Wasserglas wie ihres und stellte es auf den Tisch. »Hier«, sagte sie.

»Könntest du ihr beim Trinken helfen? Halte das Glas einfach an ihren Mund, den Rest erledigt sie schon allein, glaub mir.«

Sie hatte kaum eine Wahl. Holly stellte ihr eigenes Glas auf den Tisch und zog sich einen Stuhl heran. Sie hob Cassies Glas und legte den Rand an ihre Lippen. Das war so seltsam. So intim. Holly fühlte sich unwohl, vor allem da ihre Gesichter so nah beieinander waren. Holly lächelte und hoffte, dass sie nicht so merkwürdig aussah, wie sie sich fühlte.

»Hallo, Cassie«, sagte sie. »Ich bin Holly. Ich weiß nicht, ob wir einander schon offiziell vorgestellt wurden.« Dann kam sie sich blöd vor. Natürlich wusste Cassie, wer sie war. Und welche Antwort erwartete sie? »Alles klar, Hol? Ich bin Cass«? Sie merkte, wie sie rot wurde. Und sie wusste, dass Cassie es bemerken musste. Bei dem Gedanken wuchs ihre Verlegenheit noch. Cassie lächelte. Ein dünnes Rinnsal Milch lief aus ihrem Mundwinkel. Was sollte sie jetzt machen?

Es wegtupfen? Wie man einem Baby den Sabber abwischt?

»Leute«, begann Holly, »ich muss noch Hausaufgaben machen und merke, dass ich Kopfschmerzen bekomme. Wenn ihr nichts dagegen habt, gehe ich in mein Zimmer.« Sie stellte das halb leere Glas auf den Tisch.

»Nur zu«, erwiderte Ivy. »Ich komme in einer halben Stunde zum Gute-Nacht-Sagen.«

»Nimm Cassies Hand«, bat Fern.

»Bitte?«

»Nimm ihre Hand. So.« Fern nahm Hollys Hand und legte sie auf Cassies gekrümmte Finger. »Jetzt mach die Augen zu.«

Holly wollte nur eines: Ihre Hand wiederhaben und in die willkommene Isolation ihres ihr fremden Zimmers entfliehen. Aber das ging nicht. Ihr Verhalten war schon unhöflich genug gewesen. Also gehorchte sie.

»Cassie wurde mit einer Glückshaube geboren, Holly.« Ferns Stimme kam von ihrer linken Seite. »Weißt du, was eine Glückshaube ist?«

Holly schüttelte den Kopf.

»Das gibt es manchmal bei einer Geburt. Wenn das Baby herauskommt, sieht es aus, als hätte es einen dünnen Schleier aus Haut über dem Gesicht. Das ist nicht schlimm und überhaupt kein Problem. Aber eine solche Glückshaube wurde schon immer mit ungewöhnlichen Fähigkeiten in Verbindung gebracht. Du kannst mich für verrückt erklären, aber Cassie verfügt über heilende Kräfte. Das ist kein Witz. Halte ihre Hand und die Kopfschmerzen verschwinden. Du bist besser als jede Tablette. Stimmt doch, Kleine?«

Holly hätte am liebsten gelacht *und* sie für verrückt erklärt, riss sich aber zusammen. Wie lange würde das dauern? Wann konnte sie ihre Hand wieder wegziehen? Ihr Arm begann zu kribbeln, und ihr Kopf fühlte sich leicht und leer an, als würde sie gleich ohnmächtig. Dreißig Sekunden vergingen, dann nahm sie ihre Hand weg.

»Hey, danke. Aber ich sollte jetzt besser gehen. Diese Hausaufgaben sind echt der Hammer und gleich morgen früh fällig. Gute Nacht. Gute Nacht miteinander.«

Holly ging den Flur hinunter. Fast hätte sie die Tür

zu ihrem ehemaligen Zimmer geöffnet, bekam aber gerade noch rechtzeitig die Kurve. Erst in ihrer Schuhschachtel konnte sie entspannen. Sie lehnte sich mit dem Rücken an die Tür und stieß einen sehr langen Seufzer aus.

CASSIE

Ich muss alles noch einmal neu lernen. Eine neue Schule, Lehrer, die mich anschauen und nur das Äußere sehen. Andere Leute glauben, die Oberfläche sei alles. Aber ich bin verborgen unter vielen Schichten, und nur wer richtig hinschaut, kann mich sehen. Ich war schon einmal an diesem Punkt.

Ich lerne schnell.

Ich werde an diesem Ort neu geboren.

Und hier unten, da, wo ich lebe, kann ich mir diejenigen bewahren, die ich verlassen habe. Ich kann mir Dad bewahren. Ich bin stark.

Holly hat einen freundlichen, weichen Kern, aber größere Angst als ich. Ich werde ihr helfen.

Wenn sie mich lässt.

HOLLY

Ich heiße Holly Holley und bin ein Feigling.

Mum klopft und öffnet die Tür, ohne auf eine Antwort zu warten. Ich sitze im Bett, ein Schulheft aufgeschlagen im Schoß.

Es ist nicht gelogen, dass ich Hausaufgaben machen muss.

Dass ich ihnen gesagt habe, ich würde sie tatsächlich machen, war gelogen.

Ich erwarte, dass sie wütend ist. Ich bin darauf vorbereitet. Ich habe meine eigene, aufgestaute Wut aus dem Bauch geholt und bin kampfbereit. Aber sie setzt sich auf die Bettkante und fährt sich mit der Hand durchs Haar.

»Wie kommst du mit den Hausaufgaben voran?«, fragt sie.

»Nicht gut«, antworte ich. Das ist einleitendes Geplänkel, die Vorspeise. Ich warte auf den Hauptgang.

»Ich weiß, wie schwierig das für dich ist, Küken. Man hat dich aus deinem Zimmer geworfen, du hast diese Pyjamaparty verpasst. Ich weiß, dass sie dir viel bedeutet hat, und es tut mir leid. Und jetzt ist da auch noch Cassie. Es ist nicht einfach.«

Ich sage nichts. Bin ganz ihrer Meinung.

»Aber …« Es gibt immer ein Aber. Eltern sind darauf programmiert. »Aber ich denke, du musst dich mehr anstrengen. Du kannst sie nicht länger ignorieren …«

»Ich hab sie nicht ignoriert.«

»Du bist ihnen aus dem Weg gegangen.«

Das entspricht eher der Wahrheit, also lasse ich es durchgehen.

»Ich will dir keine Standpauke halten, Liebes. Im Ernst. Ich verstehe dich. Und vielleicht ist es ja in Ordnung, ihnen eine Weile aus dem Weg zu gehen. Aber die Zeit wird kommen, da dein Aus-dem-Weg-Gehen sie verletzt. Und das haben sie nicht verdient. Denk immer dran, Küken, da drin ist ein Kind, ein cleveres Kind, ein sensibles Kind …«

»Mum, ich weiß.«

»Und es geht ihr nicht gut. Eine Trennung zu verkraften, ist nicht leicht, vor allem wenn es keinen triftigen Grund dafür zu geben scheint.«

»Was meinst du damit?« Ich bereue sofort, gefragt

zu haben. Das Letzte, was ich hören will, sind schlüpfrige Details. Aber ich kann die Frage nicht mehr zurücknehmen.

»Na ja, James, Cassies Dad …« Mum lächelt. »Meine Schwester hat ein gesundes Selbstbewusstsein und weiß sich gut auszudrücken. Nach ihren Worten wollte er ›auf den Vordersitz‹. Und den kann er nicht haben. Weil er Cassie gehört und immer gehören wird. Verstehst du?«

Ich verstehe. In etwa. Und es ist einigermaßen langweilig. Vielleicht wären schlüpfrige Details besser gewesen. Jedenfalls muss ich die Unterhaltung in ein anderes Fahrwasser bringen.

»Pass auf, Mum. Ich bin nicht unhöflich. Du weißt, dass ich sonntags arbeite, und Amy und ich haben schon lange ausgemacht, dass wir nach meiner Schicht noch was zusammen unternehmen. Es wird schon hinhauen. Aber ich kann doch meine Arbeit nicht sausen lassen, nur weil sie da sind, oder?«

»Das hat niemand von dir verlangt.«

»Dann ist ja gut.«

Mum beugt sich vor und nimmt mich in den Arm. Das Heft in meinem Schoß wird dabei zusammengedrückt, aber das macht nichts. Es steht ohnehin noch nichts drin.

»Wir rufen morgen bei deiner Schule an, um zu hören, ob Cassie dort anfangen kann«, sagt sie. »Das ist doch okay für dich, oder? Ich meine, du würdest dir nicht … ich weiß auch nicht, seltsam vorkommen?«

»Warum sollte ich?«

»Es gibt absolut keinen Grund. Ich wollte dich nur auf dem Laufenden halten.«

»Gut.«

Mum steht auf. Sie hat die Tür schon halb geöffnet, als sie sich noch einmal umdreht.

»Was machen deine Kopfschmerzen?«, fragt sie.

Ich habe gar nicht mehr daran gedacht. Als ich jetzt in mich hineinhorche, ist nichts mehr da.

»Sie sind weg.«

»Vielleicht kann Cassie ja doch Wunder wirken«, meint Mum.

»Vielleicht ist es auch die Kraft der Suggestion.«

4

CASSIE

Für sie bin ich eine leere Hülle. Mein Kopf wackelt hin und her. Meine Arme bewegen sich. Aus meiner Kehle steigen Geräusche auf. Ich kann sie nicht kontrollieren. Wie kann ich unsichtbar sein? Mum steht die Wut deutlich ins Gesicht geschrieben. In Großbuchstaben.

FERN

»Weshalb glauben Sie, es sei für Cassie besser, wenn sie hierherkäme, anstatt eine spezielle Schule zu besuchen?«, fragte Rektor Wilson.

Fern seufzte und blickte in die Runde. Am Tisch saßen außer ihr und Cass noch fünf weitere Personen.

Eine sechste kam anscheinend etwas später, war aber unterwegs. Sie hatte ihre Namen sofort wieder vergessen. *Wir sind hier nicht bei einem Anmeldetermin*, dachte sie, *sondern bei einem Gerichtstermin.*

»So wie ich es verstanden habe, *ist* das eine spezielle Schule«, erwiderte Fern. »Auf eine andere würde ich Cassie nie schicken.«

Schweigen.

»Schauen Sie«, fuhr Fern fort, »Cassie hat körperliche Einschränkungen, aber in jeder anderen Beziehung ist sie eine normale Schülerin. Und sie ist begabt. Sie haben mir versichert, dass sämtliche Klassenzimmer rollstuhlgerechte Zugänge haben. Glauben Sie mir, das ist alles, was sie an ›Speziellem‹ braucht.«

»Verzeihen Sie, Mrs Marshall, aber wie ich es sehe, kann Cassie sich nicht verständlich machen, weder schriftlich noch mündlich. Andere Schüler schreiben Aufsätze und führen mündliche Präsentationen durch. Wie sollen wir Cassie beurteilen, wenn sie keine Hausaufgaben machen kann?«

In der Mitte des Tisches standen ein Krug Wasser und Gläser. Fern nahm zwei der Gläser und füllte sie.

Eines hielt sie Cassie an die Lippen. Sie holte ein Taschentuch aus ihrer Tasche und tupfte Cassie den Mund ab. Dann nippte sie an ihrem eigenen Glas. Es freute sie, dass ihre Hände nicht zitterten. Sie griff in ihre Handtasche, zog einen großen Ordner heraus und legte ihn auf den Tisch.

»Wie Sie ihre Arbeit beurteilen können? Lassen Sie sich von Cassie etwas beibringen.«

HOLLY

Holly saß dort, wo sie immer saß – auf der Bank, die dem Basketballfeld am nächsten stand. Sie hatte Raph noch nicht entdeckt, aber er würde bald kommen. Es verging kaum eine Mittagspause, in der Raph nicht seinen Korbwurf übte. An guten Tagen zog er dazu sein Hemd aus. Holly hoffte auf einen guten Tag.

Amy saß neben ihr, las in einem Physikbuch und aß ein Wurstbrot. Direkt nach der Mittagspause stand ein Physiktest an. Für Amy war das ein guter Tag.

»Hab ich dir schon erzählt, dass ich Raph gestern im Kino gesehen habe?«, fragte Holly.

»Nur sechs Mal.«

»Ich glaube, er mag mich.«

»Raph mag Raph. Wenn er in den Spiegel schaut, ist das kein selbstverliebter Akt. Es ist echte Liebe.«

Holly nahm noch eine Gabel voll von Ferns Spaghetti Carbonara. Sie hatte ihren Englischlehrer nach der letzten Stunde überredet, sie in der Mikrowelle im Lehrerzimmer aufzuwärmen. Sie waren köstlich. Das einzig Gute an Gästen war, soweit Holly es beurteilen konnte, dass die Abendessen in Zukunft möglicherweise keine kulinarische Folter mehr darstellten.

»Wie läuft es so mit Cassie?«, fragte Amy.

»Ganz gut. Es ist nur … na ja … schwer, weißt du? Zu kommunizieren, meine ich. Hey, haben Spaghetti Carbonara viele Kalorien, was meinst du?«

Amy warf einen Blick in die Plastikdose.

»Was? Speck, Sahne und Nudeln? Nur ein paar Millionen.«

Holly verdaute das zusammen mit den Spaghetti. Vielleicht war es doch keine so gute Idee, die Küche Tante Amy zu überlassen. Ein paar Monate bei dieser Art zu kochen und sie würde noch weiter in die

Breite gehen. Dann konnten sie Werbeparolen auf ihren Bauch schreiben und sie bei großen Sportveranstaltungen wie einen Ballon über dem Platz schweben lassen. Linsen hatten zumindest so gut wie keine Kalorien. Allerdings hatten sie auch keinen Geschmack. Es war eine Gratwanderung.

»Ich habe mich gestern Abend mal ein bisschen über Zerebralparese schlaugemacht«, sagte Amy.

»Ach ja?«

»Es ist echt interessant. Da ich annehme, dass ich Cassie irgendwann kennenlerne, dachte ich …«

»Raph kommt.«

Amy schnitt eine Grimasse. Holly setzte sich aufrechter hin. Raph McDonald schlenderte zum Basketballfeld, ließ einen Ball auf seinem Zeigefinger kreisen und unterhielt sich mit zwei Freunden. Er trug abgeschnittene Jeans und ein ärmelloses Shirt, das seine gut entwickelten Bizepse zur Geltung brachte. Er hatte tolle Beine. Das sah Amy doch sicher auch. Und sie kannte sich in Sportwissenschaft aus und wusste, wie viele Trainingsstunden nötig waren, bis man einen solchen Körper hatte. Wenigstens seine Ausdauer sollte sie anerkennen.

Holly seufzte.

Amy seufzte und wandte sich wieder ihrem Buch zu.

»Hat er nicht fantastische Beine?«, fragte Holly.

»Er hat die richtige Anzahl«, erwiderte Amy.

»Und schau dir diese Schultern an. Könntest du nicht stundenlang daran rumknabbern?«

»Nö. Ich hab mein Wurstbrot gegessen und bin satt. Holly, möchtest du hören, was ich über Zerebralparese in Erfahrung gebracht habe?«

»Schau ihn an, Amy! Er besteht nur aus Muskeln, hart und fest. Auf diesem Hintern könnte man Flöhe zerquetschen, jede Wette.«

»Holly!«

»Oh, sorry. Ja, schieß los. Erzähl mir, was du über Zerebralparese weißt.«

»Also, es ist eine Krankheit, die die Art und Weise beeinflusst, in der das Gehirn die Muskulatur kontrolliert. Sie ist unheilbar und …«

Aber Holly wandte sich ab. Amy folgte ihrem Blick. Demi und zwei ihrer Anhängerinnen kamen direkt auf ihre Bank zu.

FERN

Fern öffnete den Ordner und drehte ihn so, dass die übrigen Anwesenden die Seiten einsehen konnten.

»Das sind Hausaufgaben, die Cassie letztes Jahr an ihrer Highschool in Darwin gemacht hat«, erklärte sie. »Alles hier drin stammt von ihr. Dieses Gesundheitsprojekt enthält Artikel, Diagramme, Schautafeln – alle von Cassie erarbeitet. Diese interaktive CD, einschließlich das Cover, wurde von Cassie entworfen. Sämtliche Entscheidungen bezüglich Inhalt und Stil hat Cassie getroffen.« Fern machte eine Pause. »Cassie besitzt nicht die motorischen Fähigkeiten, um solche Arbeiten selbst auszuführen. Deshalb hatte sie im Rahmen der schulischen Inklusion eine Förderlehrerin, die an ihrer Seite unwahrscheinlich hart gearbeitet hat.«

Fern nahm eine Seite aus dem Ordner.

»Für diese Schautafel waren über hundert Entscheidungen notwendig. Papiergröße, Ausrichtung, Farbe. Welche Bilder darauf sollen und wo sie auf dem Blatt platziert werden sollen. Der Text selbst, Schriftart, Schriftgröße, Farbe und so weiter. Cassie hat alles ausgewählt. Eine Entscheidung nach der anderen. Dieses Schaubild hat fünfzehn Stunden intensiver Arbeit erfordert. Einige Leute sehen es vielleicht nicht als ihre Arbeit an, weil sie ihre Ideen nicht selbst in die Tat umgesetzt hat. So ein Unsinn. Genau so hatte Cassie es im Kopf, und ihre Vorstellung wurde zu Papier gebracht, damit andere teilhaben können. Es ist ihre harte Arbeit.«

Mr Wilson betrachtete das Schaubild. Er reichte es nach rechts an eine Frau weiter und blätterte durch die restlichen Seiten in dem Ordner.

Fern trank noch einen Schluck Wasser. Cassie fing den Blick ihrer Mutter auf und lächelte. Ihre Hand berührte kurz Ferns Arm.

»Danke, Liebes«, flüsterte Fern.

Mr Wilson schob seine Brille nach oben.

»Sie haben sehr überzeugend gesprochen, Mrs Marshall, das muss man Ihnen lassen. Ich glaube, es ist im Sinne aller Anwesenden, wenn ich sage, dass wir uns freuen würden, Cassie bei uns zu haben. Herzlichen Glückwunsch.«

Cassie kreischte, was ein oder zwei Leute am Tisch zusammenzucken ließ.

CASSIE

Es ist seltsam. Sie können die Worte, die nicht ausgesprochen werden, nicht lesen. Mums Gedanken sind auch meine. Sie wandern über die Innenseite meines Kopfes. Und sie kann mich lesen.

Ich kann nicht in eine Schule gehen, in der man mich nicht sehen kann. Kein Mensch hat mich auch nur angeschaut. Keiner.

FERN

Fern öffnete den Mund. Die Worte blieben ihr im Hals stecken, als die Tür aufging und ein eher kleiner Mann von Mitte dreißig hereineilte. Er trug einen gepflegten Bart, langes Haar und unordentliche Kleidung. Der Papierstapel, den er sich unter den Arm geklemmt hatte, war kurz vor dem Herausrutschen.

»Entschuldigen Sie die Verspätung«, sagte er. »Es ging leider nicht eher.«

»Ah, Mr Adams.« Der Rektor schaute auf seine Uhr. »Schön, dass Sie noch zu uns stoßen. Aber leider ist unsere Sitzung so gut wie vorbei. Wir haben Cassandra bereits einen Platz an unserer Schule angeboten.«

Mr Adams zuckte entschuldigend mit den Schultern. Dabei rutschten die mühsam festgeklemmten Schriftstücke unter seinem Arm hervor und verteilten sich auf dem Boden. Er kniete sich zum Einsammeln hin und legte sie dann auf den Tisch. Immer noch auf den Knien, schaute er Cassie an, lächelte und reichte ihr die Hand.

»Du musst Cassie sein. Freut mich, dich kennenzulernen. Ich heiße Greg und bin der Behindertenbeauftragte der Schule.« Er schaute an sich hinunter und lächelte verlegen. »Ich hoffe, du ziehst keine voreiligen Schlüsse, Cassie. So ungeschickt bin ich normalerweise nicht, glaub mir.«

Fern lehnte sich auf ihrem Stuhl zurück.

Die Schule hatte sich gerade eine zweite Chance verdient.

»Cassie, ich würde dich und deine Mutter gern in

die Wahl deines Förderlehrers mit einbeziehen«, fuhr Greg fort. »Das heißt, falls du unser Angebot annimmst.«

Fern schaute Cassie an.

»Cassie würde es gern annehmen«, antwortete Fern. »Und ich auch.«

***

»Hi, Holly.«

»Hi, Demi.«

Kari Williams und Georgia Glasson standen rechts und links von Demi, grüßten aber nicht.

»Es tut mir so leid, dass ich am Samstag nicht kommen konnte«, sagte Holly. »War's schön?«

»Hey, mach dir keine Gedanken deshalb. So was kommt vor. Wie war der Abend mit der Verwandtschaft?«

»Schrecklich«, antwortete Holly. »Ich wäre hundert Mal lieber bei euch gewesen.«

Amy biss sich auf die Lippe und beugte den Kopf über ihr Buch.

»Wir haben dich vermisst«, sagte Demi. »Und ich wollte dir noch danken.«

»Danken?«

»Für die Einladung am Sonntag. Ich wäre liebend gern mit dir ins Kino gegangen, habe deine SMS aber zu spät gelesen. Hoffentlich hast du noch jemanden gefunden, der mit dir ging.«

»Oh … ja.«

»Jedenfalls noch einmal danke. Man sieht sich, ja?«

»Ja, tschüss, Demi.«

Holly schaute Amy von der Seite an, doch Amy war in ihr Buch vertieft.

HOLLY

Ich heiße Holly Holley und weiß nicht mehr, wer ich bin.

Ich sehe Cassie und Tante Fern aus dem Schulgebäude kommen, also halte ich den Kopf gesenkt und löffele Spaghetti Carbonara aus der Plastikdose. Ich will nicht unhöflich sein. Ich habe nur keine Energie. Meine Bemühungen erweisen sich als vergeblich. Cassie entdeckt mich. Bei diesem hohen Kreischen halten alle inne. Selbst Raph hält inne, mitten im Dribbeln, und dreht sich zu der Lärmquelle um.

Cassie zappelt in ihrem Rollstuhl herum und *brüllt*. Schwer zu sagen, ob sie mich ansieht oder nicht, da ihr Kopf nicht einen Moment stillhält. Aber anscheinend tut sie es. Tante Fern schaut herüber und schenkt mir ein breites Lächeln. Sie winkt. Mir bleibt nichts anderes übrig. Ich winke zurück.

Während sie auf meine Bank zukommen, spüre ich die Blicke der gesamten Schule auf mich gerichtet. Es ist mir peinlich. Es ist, als sei Cassie ein Scheinwerfer und als würde ich in das helle Licht ihrer Gegenwart hineingezogen. Ich weiß, wie ein Kaninchen im Scheinwerferlicht sich vorkommt.

»Hey, Holly.« Tante Fern umarmt mich und vervollständigt damit das Verlegenheitsspektrum. »Stell dir vor, wir haben Cassie gerade angemeldet.«

»Hier? Oh, okay. Wann fängt sie an?«

»Am Donnerstag.«

»Super«, sage ich.

Ich stelle Amy vor. Sie schüttelt Tante Fern die Hand und winkt Cassie kurz und entschuldigend zu.

Das war's dann wohl mit der Schule als Rückzugsort.

Es ist so unfair. Es ist so unfair, dass ich losheulen könnte. Die Tränen prickeln schon hinter den Augen, und es kostet mich alle Mühe, sie auch dort zu halten. Ich will schreien, kreischen, brüllen. Warum eigentlich nicht? Wenn Cassie das tut, finden es alle süß.

Aber ich sitze nur da, lächele und nicke. Und in mir drin herrscht das reinste Chaos.

CASSIE

Hier ist es kalt. Die Sonne ist halb hinter Wolken verborgen, doch die Kälte saugt Feuchtigkeit von meiner Haut.

Hier ist alles trocken. Haut, Gesichter und Lächeln. Holly lächelt, aber das Lächeln reicht nicht bis zu ihren Augen. Es flattert wie ein verletzter Vogel und stirbt auf ihren Lippen. Sie kann mich nicht anschauen. Lässt sich von allem Möglichen ablenken.

Plötzlich fühle ich mich auch innen drin trocken. Es war falsch hierherzukommen. Aber ich kann nicht zulassen, dass Mum meine Gedanken liest oder meine unaus-

gesprochenen Worte hört. Ich bin für ihr Glück verantwortlich.

Und Unglück hat einen bitteren Geschmack. Mein Mund ist voll davon.

HOLLY

»Sie scheint nett zu sein«, meinte Amy. Fern und Cassie waren nach Hause gegangen.

Holly stocherte in den restlichen Spaghetti herum, doch der Appetit war ihr vergangen.

»Wer?«

»Cassie. Süß.«

Holly stellte die Plastikdose auf die Bank. Sie war sich nicht sicher, ob sie das, was da in ihr hochkochte, kontrollieren konnte. Wusste nicht, ob sie es wollte.

»Und worauf stützt sich deine Meinung, Amy? Hm? Los, du bist die Wissenschaftlerin. Nenn mir den Beweis.«

»Holly …«

»Nein. Du sagst, sie sei süß. Du siehst sie gerade mal fünf Sekunden, sie kreischt und fuchtelt herum, und das nennst du süß. Du hast keine Ahnung, wie sie wirklich ist, Amy. Du kannst nicht in sie hineinschauen. Ich übrigens auch nicht. Aber wenigstens musst du nicht mit ihr unter einem Dach leben, musst dir dein Leben nicht auf den Kopf stellen lassen.«

Amys Augen weiteten sich.

»Hol, ich glaube, du reagierst jetzt ein bisschen übertrieben. Ich hab nur gesagt, dass sie nett zu sein scheint.«

Holly stand auf. Sie wollte etwas zerreißen, kaputt machen. Aber sie hatte nichts zur Hand.

»Weißt du was, Amy?«, brüllte sie. »Du bist so voll davon. Voll bis zum Anschlag. Die verdammte Miss Vernunft. Du kannst dir deine Vernunft sonst wo hinstecken. Ich hab die Schnauze voll.«

Amy biss sich auf die Lippe und wandte sich wieder ihrem Buch zu. Holly drehte sich um und marschierte davon.

5

HOLLY

Es war Freitag und Cassies zweiter Tag an der neuen Schule.

Holly konnte es nicht verhindern, den gemeinsamen Schulweg mit ihr zusammen zurückzulegen. Fern brachte sie beide im Auto hin und holte sie auch wieder ab. Aber sie war erleichtert, wenn Cassies Förderlehrer sie am Wagen abholte und im Rollstuhl ins Lehrerzimmer der Sonderpädagogen schob. Danach sah sie sie tagsüber kaum noch, außer im Englischunterricht. Doch selbst da saßen Cassie und ihr Förderlehrer an einem Tisch ganz hinten im Klassenzimmer, sodass sie sich nicht mit ihr abzugeben brauchte. Holly saß vorn. Darüber hinaus gab es in den Pausen und in der Mittagszeit lediglich mal einen kurzen Blickkontakt.

Es war nicht schwer, einem Rollstuhl aus dem Weg zu gehen.

Als es am Freitag zur Mittagspause läutete, ging Holly rasch zu den Mädchentoiletten. Am Nachmittag hatten sie eine Doppelstunde Mathe. Nicht gerade ihr Lieblingsfach. Mr Tillyard beherrschte seinen Stoff ausgezeichnet. Manchmal fragte sie sich, wie sein Kopf es schaffte, die Masse an Gehirn zusammenzuhalten. Es gab nur ein Problem mit ihm: Er verstand nicht, dass nicht alle seine Schüler gehirntechnisch ähnlich gut ausgestattet waren. Wenn man eine Formel nicht verstand, erklärte er sie lediglich mit genau denselben Worten, die man schon beim ersten Mal nicht verstanden hatte, noch einmal. Erneut nachfragen konnte man nicht, wenn man sich nicht wie ein Vollidiot vorkommen wollte. Das Ergebnis war, dass ein großer Prozentsatz der Klasse im Nebel der Verständnislosigkeit herumtappte, während Mr Tillyard den drei oder vier Schülern, die auf seiner Wellenlänge lagen, etwas beibrachte. Keine guten Aussichten an einem warmen Freitagnachmittag.

Demi stand über ein Waschbecken gebeugt und frischte ihr Make-up auf. Der größte Teil des Spiegels an der Wand darüber war angelaufen, doch sie hatte eine kleine, klare Stelle gefunden. Kari und Georgia rahmten sie ein. Drei Köpfe drehten sich um, als Holly die Tür aufstieß.

»Hi, Holly«, grüßte Demi, wandte sich wieder dem Waschbecken zu und schnitt ihrem Spiegelbild eine Grimasse. Holly konnte sich nicht vorstellen, was sie Negatives an sich entdeckt haben könnte. In ihren Augen war Demi makellos.

»Hey, Demi. Kari, Georgia.«

Die anderen beiden nickten, lächelten jedoch nicht. Holly versuchte, in einem Teil des Spiegels rechts neben Georgia ihr Gesicht zu erkennen, doch er war hier so stark angelaufen, dass sie nicht viel sehen konnte. *Was wahrscheinlich ein Segen ist*, dachte sie.

»Mathe, was?«, bemerkte Holly. Es war das einzige Fach, das sie und Demi gemeinsam hatten. Demi gehörte ebenfalls zu der großen Mehrheit, die es aufgegeben hatte, je verstehen zu wollen, was Mr Tillyard da vorn von sich gab. Sie blätterte die meiste Zeit unter dem Tisch in Modezeitschriften oder skizzierte eigene Entwürfe auf einem Zeichenblock, den sie extra zu diesem Zweck mitbrachte. Der Lehrer merkte nie etwas und somit waren beide Seiten zufrieden. Holly verbrachte ihre Zeit oft damit, Demi zu beobachten. Sie versuchte zu verstehen, woher die Wirkung kam, die diese erzielte. Lag es nur an Klamotten, Make-up und Schmuck? Oder war da noch etwas anderes? Charisma vielleicht? Es war ihr ein ebenso großes Rätsel wie die mathematischen Formeln von Mr Tillyard.

»Ich glaube nicht«, erwiderte Demi. »Mathe reizt mich heute nicht. Es reizt mich *nie*.«

Einen Augenblick lang war Holly verdutzt. Es war Freitagnachmittag. Sie hatten eine Doppelstunde Mathe. Sie hatten freitags immer eine Doppelstunde Mathe.

»Wir haben was Besseres vor«, fügte Demi hinzu.

»Was denn?«

»Shoppen. Genauer: Klamotten. Im Westland-Center ist ein neuer Outletstore, den wollen wir uns mal ansehen.«

»Wie? Ihr wollt schwänzen?«

Demi schnalzte mit der Zunge. »Was für ein hässliches Wort, Holly. Ich bezeichne es lieber als Distanzlernen. Willst du mitkommen? Bei uns lernst du garantiert mehr als beim alten Tillyard.«

Holly wusste, dass dies ein entscheidender Moment war. Sie hatte in Romanen über entscheidende Momente gelesen und erkannte deshalb die Zeichen. Rasch wog sie Pro und Contra gegeneinander ab. Einerseits handelte es sich hier um eine Einladung, um eine zweite Chance, und sie hatte nicht erwartet, eine solche zu bekommen. Wenn sie sie ausschlug, bedeutete dies das endgültige Aus. Demi gab sich alle Mühe. Eine dritte Chance würde es nicht geben. Außerdem war es die Gelegenheit, Modetipps von Demi zu erhalten. Und nicht nur in der Theorie. Die Fashion Queen selbst bot ihre Hilfe bei Aktionsplan 1 an. Ein Bild kam ihr in den Sinn. Holly kommt aus der Umkleidekabine und Demi und die anderen beiden betrachten sie kritisch. »Die Farbe steht dir gar nicht, Hol. Bei deinen Beinen brauchst du etwas, das deine Figur besser zur Geltung kommen lässt, die Hüften schmaler macht und die Taille betont. Probier das mal an …«

Demi hatte recht. Es wäre zweifellos tausendmal besser als Mathe.

Andererseits waren da die ganzen Konsequenzen, die Schulschwänzen nach sich zog. Sie wusste, dass sie nie ungestraft davonkäme. Sicher, Mr Tillyard schien nicht zu wissen, wer sie war, und hatte noch kein Wort über ihre Anwesenheit verloren, über ihre Arbeit ganz zu schweigen. Aber es gab schließlich Murphys Gesetz. Was schiefgehen *konnte*, *würde* auch garantiert schiefgehen. Er würde es merken. Er würde ihre Mutter anrufen. Und dann war das braune Zeug am Dampfen.

»Du hast doch keine Angst, oder?«, fragte Georgia.

»Natürlich nicht.«

Und der Moment wurde zum entscheidenden Moment. Holly hatte ihre Kreditkarte dabei. Der Schönheitsoperations-Notfallfonds wartete auf seinen Einsatz. Und wenn sie es richtig bedachte, war der Fonds ja genau zu diesem Zweck eingerichtet worden. Um sie zu verändern. Sie sah eine neue, strahlende Holly Holley wie aus einem Kokon hervorkommen.

Klar, ihre Mum wäre wütend. Falls sie dahinterkam. Aber es bestand immerhin auch die Möglichkeit, dass sie es nicht erfuhr. Und selbst wenn. Das war etwas, das Holly zustand. Sie hatte es satt, brav zu sein. Ihr Zimmer aufzugeben, ihre sozialen Kontakte. Wofür? Es war ja nicht mal so, dass sie etwas davon hatte. Sie war immer noch nur die gute alte Holly, die verlässlich alles aufgab – für nichts. Aber dieses Mal nicht.

Hollys nächste Worte waren die nahtlose Fortsetzung ihrer letzten Aussage.

»Worauf warten wir noch? Stürmen wir die Läden!«

Demi lachte.

»Böses Mädchen!«, sagte sie. »Wir treffen uns in zwanzig Minuten, okay? Beim Basketballfeld. Von dort aus kann man sich leicht vom Acker machen.«

Holly nickte. Als sie die Mädchentoilette verließ, kribbelten ihre Nerven. Sie wusste nicht, ob Angst die Ursache war oder freudige Erwartung.

Oder eine Kombination aus beidem.

CASSIE

Meine Nerven kribbeln.

Neue Schule. Neue Abläufe.

Die Mittagspausen sind voller Angst. Ich sitze in einem

Lehrerzimmer, umgeben von Erwachsenenstimmen. Jemand füttert mich. Die Frau ist freundlich, kennt aber meinen Rhythmus nicht. Ein Löffel schabt über meinen Mundwinkel, trifft klirrend auf Zähne. Sie redet, aber ihre Worte sind nur Füller. Sie füllen die Lücke meines Schweigens.

Das ist die schwerste Zeit.

Neue Schule. Neue Abläufe.

Meine Nerven kribbeln.

***

Amy entdeckte in der Kantine einen leeren Tisch hinter einem Pfeiler.

Sie hatte kurz überlegt, ob sie sich wie üblich draußen auf die Bank setzen sollte, konnte sich jedoch nicht dazu überwinden. Sie wollte allein sein.

Amy aß ihr Brot und blätterte in ihrem Mathebuch durch das Kapitel mit den Quadratischen Gleichungen. Bald war sie so in die Symbole auf einer Seite vertieft, dass sie die Mädchen zunächst gar nicht wahrnahm. Erst der Name »Holly« ließ sie aufhorchen. Sie konnte die Sprecherinnen nicht sehen. Der Pfeiler verdeckte sie. Aber sie erkannte die Stimmen.

»Also, ich finde es mehr als großzügig von dir, dass du ihr eine zweite Chance gibst. Besonders nach dem Drama mit der Pyjamaparty.«

»Ich hab's euch doch gesagt«, kam die Stimme von Demi Larson. »Mir ist langweilig. Ich brauche ein Projekt. Und welches Projekt ist besser und eine größere Herausforderung als Holly Holley?«

Gelächter. Amy lehnte sich an den Pfeiler, das Buch war vergessen.

»Nimm das uncoolste, farbloseste Mädchen der ganzen Schule und verwandle sie. Es ist genau wie bei *Extreme Makeover*. Unsere eigene Reality Show. Ich überlege, ob wir einen Fernsehsender dafür interessieren könnten ...«

»Meine Eltern engagieren sich wahnsinnig für unterprivilegierte Menschen.« War das Kari Williams oder Georgia Glasson? Schwer zu sagen. »Ich schätze mal, dass das so was Ähnliches ist. Wir helfen den Benachteiligten unter uns. Das ist fast schon edelmütig.«

»Genau«, bestätigte Demi. »Aber freut euch nicht zu früh. Wir können das hässliche Entlein vielleicht durch Kleidung und Make-up in etwas Schwanähnliches verwandeln. Ich bin mir allerdings nicht sicher, ob sich auch mit der Persönlichkeit was machen lässt.«

Wieder Gelächter.

»Ein Charakter-Implantat?«

»Charisma-Infusionen?«

»Persönlichkeits-Stilberatung?«

»Zu schwierig«, meinte Demi. »Selbst für mich. Hey, Leute, wir sollten gehen. Jetzt wird's ernst. An die Arbeit.«

Amy wartete, bis die Schritte sich so weit entfernt hatten, dass sie sie kaum noch hören konnte. Dann ging sie rasch hinaus. Der Schulhof lag im hellen Sonnenschein. Ihr Mathebuch blieb zwischen zusammengeknüllter Frischhaltefolie und vereinzelten Brotkrumen auf dem Tisch in der Kantine zurück.

***

Obwohl Cassie die meiste Zeit in Regelklassen war, gab es Ausnahmen, und der Freitagnachmittag war eine solche Ausnahme. Fern hatte darauf bestanden, dass Cassie wie jede andere Schülerin behandelt wurde, mit demselben Stundenplan und derselben

Menge an Aufgaben. Greg Adams hatte dem nur zu gern zugestimmt. Allerdings hatte er vorgeschlagen, dass Cassie ein paarmal in der Woche, gewöhnlich wenn praktische Fächer wie Sport oder Hauswirtschaft auf dem Stundenplan standen, Einzelunterricht erhalten sollte.

Greg schob Cassie in einen Computerraum. Sie hatten ihn für sich allein. Die Monitore waren entlang der Wände aufgereiht, doch er bugsierte den Rollstuhl zu einer Tischreihe in der Mitte des Raums, stellte die Bremsen fest und setzte sich ihr gegenüber.

»Cass«, begann er, »ich habe mit deiner Schule in Darwin gesprochen, nur um mich etwas eingehender über die Unterrichtsprogramme zu informieren, an denen du teilgenommen hast. Sie lassen dich übrigens grüßen.«

Bilder – Gesichter, Orte – zogen vor Cassies geistigem Auge vorbei. Sie verzog das Gesicht. Greg legte den Kopf schräg, als er ihre Miene sah.

»Sollen wir sie nächste Woche anrufen, was meinst du?«, fragte er. »Du könntest ein bisschen mit ihnen plaudern, Neuigkeiten erfahren.«

Töne stiegen in ihrer Kehle auf, und ihr rechter

Arm bewegte sich wie eine Säge über die Armlehne ihres Rollstuhls, doch ihre Antwort lag in ihren Augen.

»Gut, dann machen wir das. Und jetzt zur Arbeit. Von deiner Schule habe ich gehört, dass du etwas Erfahrung mit Smart-Navigation-Software hast. Stimmt das? Okay. Aber du hattest Probleme damit. Mein Vorschlag wäre, dass wir es noch einmal versuchen. Ich habe die neueste Version – du kannst sie dir ausleihen und zu Hause üben – und ich habe eigene Software dazu entwickelt. Willst du es versuchen?«

Greg schaute Cassie an und nickte dann.

Er strich sich das lange, dünner werdende Haar zurück und schob Cass zu einem Computer. Als sie direkt vor dem Bildschirm saß, stellte er die Bremse wieder fest. Dann öffnete er eine Laptoptasche und zog den Computer sowie ein kleines Gerät, das aussah wie eine Webcam auf drei kurzen Beinen, heraus.

Er zeigte auf den Laptop. »Den kannst du dir ausleihen, Cass. Ich habe die Software schon installiert. Sie ist auch auf dem Computer vor dir. Ich stöpsele jetzt den Sensor ein, dann kann's losgehen.«

Er setzte das kameraähnliche Teil auf den Monitor, kniete sich dann hin und steckte einen Stecker in eine USB-Buchse am Tower. In Gregs Knien knackte es und er verzog das Gesicht.

»Ich werde alt, Cass. Ich bin mal jeden Tag fünf Kilometer gejoggt. Wenn ich mich jetzt hinkauere, explodieren meine Gelenke wie Feuerwerkskörper.«

Sie warteten, bis der Computer die neue Hardware erkannte. Dann öffnete er mit der Maus zwei Programme.

»Einiges davon kennst du schon, Cass. Anderes musst du neu lernen. Hauptsächlich meine Software. Auf die ich übrigens wahnsinnig stolz bin. Wenn du also Probleme damit hast, ist das allein deine Schuld, okay?«

Cassie lächelte und ihr Kopf rollte von einer Seite zur anderen.

»Wir verstehen uns. Was wir hier haben«, fuhr Greg fort, »ist ein Smart-Navigation-Gerät, mit dem du den Computer ohne Maus bedienen kannst. Es wird einige Zeit dauern, bis du das Ding beherrschst. Es gibt auch eine Bildschirmtastatur, die mit einem Sprechprogramm verbunden ist. Sie wandelt Text in Sprache um. Früher waren solche Programme … also, echt lausig, wenn du die Wahrheit wissen willst. Aber in jüngster Zeit gab es gewaltige Verbesserungen. Wir können eine Stimme auswählen, deren Klang du magst, eine, die deiner eigenen innerlichen Stimme so nah als möglich kommt, und der Computer spricht, was du aufschreibst – mit Betonung und Satzmelodie. Du wirst dich wundern, wie echt es klingt.«

Er öffnete weitere Fenster auf dem Bildschirm.

»Aber wir wollen nichts überstürzen. Heute wollen wir uns darauf beschränken, deine Fähigkeiten mit der Maus aufzufrischen. Man hat mir gesagt, dass du deinen Kopf am besten kontrollieren kannst. Stimmt das? Du darfst deinen Kopf übrigens nicht bewegen, um es mir zu sagen.« Er grinste. »War ein Witz.«

Greg nahm eine dünne Plastikfolie aus seiner Mappe. Auf der Folie waren graue Punkte in unterschiedlicher Größe. Er zog einen ab, beugte sich zu Cassie herunter und klebte ihn fest auf ihre Stirn, direkt oberhalb der Nase. Seine Knie knackten laut, als er sich wieder aufrichtete. Er rieb sein rechtes

Knie, trat einen Schritt zurück und legte den Kopf auf eine Seite.

»Steht dir gut«, meinte er. »Richtig fernöstlich und geheimnisvoll. Wie du schon weißt, Cass, gibt dieser Sensor einen Laserstrahl ab, den der Punkt auf deiner Stirn reflektiert. Das Gerät nimmt den reflektierten Strahl auf und bewegt den Cursor auf dem Bildschirm. Da! Siehst du? Wenn du deinen Kopf bewegst, bewegt sich der Cursor. Ausgezeichnet. Dann können wir loslegen. Wie wär's, wenn wir mit einer langweiligen Übung anfangen, um erst mal in Gang zu kommen? Was meinst du?«

CASSIE

Er beginnt, mich zu lesen. Manchmal stolpert er über meine Worte, nimmt den Finger zu Hilfe, um meine Miene zu lesen. Aber er wird immer besser.

Meine Fähigkeiten sind so eingerostet wie seine Knie. Aber zusammen finden wir Schmiermittel.

HOLLY

Ich heiße Holly Holley und habe entsetzliche Angst.

Ich komme schon seit Jahren ins Westland-Einkaufszentrum und habe mich dort noch nie erschreckt, außer das eine Mal, als mein Blick zufällig auf die Preisschilder in einem der teureren Läden fiel. Doch jetzt begegne ich auf Schritt und Tritt Sicherheitsleuten und mir bricht der kalte Schweiß aus. Ich warte nur darauf, dass mich einer fragt, was ich hier will. Ich trage meine Schuluniform und komme mir vor, als blinke ein Neonschild über meinem Kopf – ein roter Pfeil und SCHULSCHWÄNZERIN in riesigen, leuchtenden Großbuchstaben.

Demi und die anderen beiden scheint das nicht zu stören. Sie machen sogar jede Menge Radau, fast so, als *wollten* sie auffallen. Ich schleiche hinter ihnen her und übe mich im Unsichtbarsein. Wann immer eine Frau aus einem Geschäft kommt, zucke ich zusammen. Obwohl ich weiß, dass Mum zehn Kilometer weiter in einem Laden Linsen abwiegt, werde ich die Vorstellung nicht los, dass sie plötzlich vor mir auftaucht und ihre Miene von Überraschung zu Enttäuschung wechselt.

Doch sie erscheint nicht, und nach einer halben Stunde fange ich langsam an, mich zu entspannen. Ein wenig.

Dann kommen wir zu dem neuen Klamottenladen und ich vergesse alles andere. In der Schule haben ein paar Leute davon geschwärmt, aber auf ein solches Angebot bin ich nicht vorbereitet. Zum einen hat der Laden die Größe eines internationalen Flughafens und die gesamte Fläche ist bestückt mit Ständern voller Röcke, Kleider, Tops, Gürtel und Accessoires. Ich stehe eine Weile am Eingang und gebe wieder mal das Kaninchen im Scheinwerferlicht. Mein Unterkiefer klappt herunter, aber ich bin mir einigermaßen sicher, dass ich nicht sabbere.

Demi und die anderen schlendern lässig durch die Gänge. Ab und zu prüfen sie den Stoff einer Bluse oder nehmen ein Top vom Ständer und halten es an ihr Gesicht oder an das einer der beiden anderen, um zu sehen, wie es zu ihrem Teint passt. Ich klappe den Mund zu und folge ihnen. Ich merke schnell, dass es gewisse Spielregeln gibt. Schau gelangweilt drein, halte eine Jeans oder ein Kleid hoch und lege die Stirn in reizende Falten, bevor du das Teil zurückhängst. Ich übe das Spiel an einem genialen dunkelblauen Top mit Rüschen am Ausschnitt. Ich halte es vor meine Brust und schaue in einen Spiegel. Ich versuche, die Mundwinkel charmant nach unten zu ziehen, aber es sieht einfach nur aus, als hätte ich Verstopfung.

»Wie findest du es, Hol?« Demis Spiegelbild erscheint neben meinem. Auf der Zunge liegt mir: »Ich mach mir gleich ins Hemd«, aber das träfe dann doch nicht den richtigen Ton. Und ich weiß nicht, was ich denken soll. Also, ich *liebe* das Top. Aber ich weiß nicht, ob ich es lieben *darf*. Ich könnte mich leicht zum Deppen machen.

»Es ist ganz okay«, antworte ich und lege den Kopf schräg. Der neue Versuch im Mundwinkel-Fallenlassen gelingt etwas besser.

»Der Stil ist … interessant«, urteilt Demi.

Die Gesichter von Georgia und Kari erscheinen über meiner linken Schulter. Ihre Mundwinkel hängen perfekt.

»Kommt darauf an, wozu man es trägt«, meint Georgia. »Aber es ist definitiv deine Farbe.«

»Es könnte gut zu einer hellen Hose aussehen«, sagt Kari. »Was meinst du, Demi? Weiße Jeans?«

»Cremefarben«, erwidert Demi. »Und keine Jeans. Eine leichte Baumwollhose. Kommt, es wird Zeit, dass wir für das Mädchen hier eine Garderobe zusammenstellen.«

Ich verkneife mir ein Lächeln. Das träfe auch nicht den richtigen Ton. Aber innerlich strahle ich.

***

Auf dem Monitor waren reihenweise Herzen in schwarzen Kästchen zu sehen.

»Es ist ganz einfach, Cass«, sagte Greg. »Bring den Cursor in die Mitte eines Herzens. Es verschwindet, wenn du ihn ein oder zwei Sekunden lang dort stehen lässt. Dann gehst du weiter zum nächsten. Aber du musst sie dir in der richtigen Reihenfolge vornehmen. Die oberste Reihe zuerst, und zwar von links nach rcchts. Sobald du alle I Ierzen ausgelöscht hast, sagt dir der Computer, wie lange du dafür gebraucht hast. So kannst du versuchen, deine eigene Bestmarke immer wieder zu knacken. Bist du bereit? Dann los!«

Cassie saß fast reglos im Rollstuhl. Fast. Ihr Kopf ruckelte leicht hin und her und ihre Arme und Beine krampften. Doch ihre Miene zeigte höchste Konzentration. Die dunklen Augen waren auf den Bildschirm gerichtet. Greg zog sich einen Stuhl heran. Er wusste, welche mentale Disziplin notwendig war, um den Cursor zu kontrollieren, ihn zu einem bestimmten Bereich auf dem Bildschirm zu führen und dort zu halten, und sei es auch nur für ein oder zwei Sekunden. Greg kannte sich mit Zerebralparese aus. Er wusste, dass in einem so schweren Fall wie dem von Cassie die Muskeln im Körper zu ihrer eigenen Melodie tanzten, losgelöst vom Gehirn, das sie zu kontrollieren versuchte. Einfache Bewegungen, wie eine Hand zu heben oder einen Fuß, kamen für Cass der Besteigung des Mount Everest gleich.

Greg wusste all das. Theoretisch.

Aber er wusste auch, dass er nicht wirklich verstand, was es bedeutete. Das konnte nur Cass. Und er vermutete, dass es sehr viel schwerer war, als er es sich vorstellte. Wahrscheinlich schwerer, als er es sich je vorstellen *konnte*. Er legte seine Hand auf ihre und beobachtete sie. Auf dem Bildschirm explodierte ein Herz.

HOLLY

Demi legte einen Finger an ihren Mundwinkel und legte den Kopf schräg.

»Nein«, sagte sie nach zehn oder fünfzehn Sekunden. »Es geht nicht. Ich dachte zuerst, es funktioniert, wenn sie vielleicht ihre Haare aufsteckt … Aber nein. Der Schnitt stimmt nicht. Versuch's mal damit.«

Holly schwirrte der Kopf von Farben, Formen und Mustern. Sie hatte eine verwirrende Vielzahl an Kleidern anprobiert und immer noch keine Ahnung, was ihr stand und was nicht. Und was meinte Demi mit »Der Schnitt stimmt nicht«? Wie konnte ein Schnitt, wie immer er war, nicht stimmen? Holly fand einige der Teile, die sie anprobiert hatte, fantastisch, aber die Mädchen schüttelten sich, als führte sie ein Plastiktischtuch aus einer Eckkneipe vor.

Sie war schon ganz durcheinander.

Und je länger Holly darüber nachdachte, desto deutlicher wurde ihr bewusst, dass sie nicht das Zeug dazu hatte, ihr eigenes Äußeres richtig beurteilen zu können. Als sie sich selbst überlassen war, hatte sie schließlich kein sonderlich gutes Ergebnis erzielt. Und Demi war ein Mode-Guru, während Mode für Holly etwas so Unergründliches war wie quadratische Gleichungen. Vertraue den Experten, sagte sie sich. Wenn dein Computer abstürzt, holst du dir schließlich auch nicht bei einem Pizza-Ausfahrer Rat. Also nahm sie die Sachen, die Demi ihr hinhielt, und verschwand erneut in der Umkleidekabine.

Vielleicht hatte die Tatsache, im Mittelpunkt der Aufmerksamkeit zu stehen, ihr Zeitgefühl durcheinandergebracht, doch als sie auf ihre Uhr schaute, traf sie fast der Schlag. In fünf Minuten war die Schule aus, und Tante Fern würde auf sie warten, um sie nach Hause zu fahren. Selbst wenn sie den ganzen Weg rannte, käme sie zehn Minuten zu spät. Panik stieg in ihr auf und sie zog den Vorhang der Umkleidekabine zurück.

»Leute«, sagte sie, »ich muss gehen. Ich hatte keine

Ahnung, wie spät es ist. Meine Tante wartet an der Schule auf mich.«

Kari schniefte.

Georgia schnaubte.

Demi lächelte.

»Das kannst du nicht bringen, Hol. Es ist Freitag, die Läden haben länger offen. Wir machen Fortschritte, du kannst doch jetzt nicht kneifen. Es liegt noch so viel Arbeit vor uns. Wenn wir hier fertig sind, will ich mit dir noch in ein paar andere Geschäfte. Und dann brauchen wir noch Make-up. Und natürlich Schuhe. Kannst du deine Tante nicht anrufen und ihr sagen, dass es später wird und du den Bus nimmst?«

Holly kannte Ferns Nummer nicht. Hatte sie überhaupt ein Handy? Selbst wenn sie zur Schule zurückrannte, hatte sie ein Problem. Wie sollte sie erklären, dass sie von der Straße her zum Schultor kam und nicht vom Schulgebäude aus? Und dann flackerte ein anderer Gedanke in ihr auf, fing Feuer und brannte lichterloh. Holly Holley. Still, verlässlich. Das Mädchen, dem man am allerwenigsten etwas auch nur entfernt Schlimmes zutraute. Durchschaubar und berechenbar. Vielleicht war es ja an der Zeit, das Bild, das die Leute von ihr hatten, mal auf den Kopf zu stellen? Auf das Schulschwänzen aufzubauen? Wenn sie modisch runderneuert wurde, konnte sie es genauso gut mit einer Persönlichkeitserneuerung versuchen.

Riskiere mal was, Holly Holley, dachte sie.

Laut sagte sie: »Gute Idee. Ich ruf sie an.«

Sie zog den Vorhang wieder zu, holte ihr Handy aus der Tasche und vergewisserte sich, dass es ausgeschaltet war. Der Satz eines Lehrers in einem traurigen alten Film kam ihr in den Sinn. *Carpe diem*. Pflücke den Tag. Holly hatte in ihrem ganzen Leben noch nie einen Tag gepflückt. Noch nicht einmal fest ergriffen hatte sie einen. Jetzt schien ein sehr guter Zeitpunkt, damit anzufangen.

Sie zog das Kleid mit dem unstimmigen Schnitt aus.

Das Top, das sie in der Hand hielt, war bunt und witzig. Wäre sie allein gewesen, hätte sie sich nicht getraut, es auch nur anzuprobieren. Und ihre Mum hätte es trotz ihrer Frisur und des Tattoos unmöglich gefunden. Holly sah schon, wie sich ihr Mund missbilligend verzog. Also lächelte sie, zog das Top an und schlüpfte in den Rock. Ein völlig anderes Mädchen schaute sie aus dem Spiegel heraus an. Sie öffnete den Vorhang, trat hinaus und drehte sich einmal um die eigene Achse.

»Wie findet ihr es?«

»Perfekt«, sagte Demi.

»Perfekt«, sagte Kari.

»Absolut perfekt«, sagte Georgia.

***

»Ich bin mit Holly Holley verabredet«, sagte Fern. »Ich kann sie nicht warten lassen.«

»Es dauert nur zehn Minuten«, versprach Greg. »Ich möchte Ihnen nur die Geräte zeigen und wie man auf dem Laptop auf die Software zugreift. Es läutet erst in fünf Minuten, und wir können Holly über die Lautsprecheranlage bitten, im Sekretariat zu warten.«

Es dauerte tatsächlich nur zehn Minuten. Cassie saß immer noch im Computerraum vor dem Bildschirm und arbeitete an den Herzen. Ihre Mum setzte sich in dem Moment neben sie, als das letzte Herz explodierte.

»Zwölf Minuten und vierundvierzig Sekunden,

Cass. Nicht schlecht«, lobte Greg. »Das sind fast zwei Minuten weniger als beim letzten Durchgang. Aber jetzt ist Feierabend. Ich will deiner Mutter nur noch zeigen, wie man das Programm auf dem Laptop lädt, damit du zu Hause üben kannst.« Er kauerte sich neben sie und schaute ihr fest in die Augen. »Aber nicht übertreiben, okay?«

Als er sich aufrichtete, gaben seine Knie keine Geräusche von sich. Greg merkte es gar nicht. Aber Cassie. Sie lächelte.

Holly war nicht im Sekretariat. Greg vergewisserte sich bei der Sekretärin, dass die Durchsage gemacht wurde.

»Vielleicht spricht sie noch mit einem Lehrer«, vermutete Greg. »Sie kommt sicher gleich. Aber ich muss mich leider beeilen, Mrs Marshall. Schon wieder eine dieser endlosen Sitzungen. Ciao, Cassie, und ein schönes Wochenende.«

»Ihnen auch, Mr Adams. Und vielen Dank.«

Holly kam nicht gleich. Nach fünf Minuten schob Fern Cassie nach draußen, doch auch auf dem Schulhof war keine Spur von ihr. Ein paar Schüler standen noch herum, einige warteten, dass sie abgeholt wurden, aber die Grüppchen lösten sich langsam auf. Fern schaute auf ihre Uhr. Der Unterricht hatte vor einer Viertelstunde geendet. Sie lud schon mal den Laptop in den Kofferraum und parkte Cassie im Schatten eines Baumes. Nervös blickte sie sich auf dem Schulgelände um.

Ein Mädchen kam auf sie zu. Sie kam ihr irgendwie bekannt vor. Und dann fiel es Fern wieder ein. Es war das Mädchen, das am Montag bei Holly gewesen war, als sie Cassie an der Schule vorgestellt hatte.

»Hallo, Cassie.« Das Mädchen kauerte sich vor den Rollstuhl. »Erinnerst du dich an mich? Ich bin Amy, Hollys Freundin. Wie geht's?«, sie blickte zu Fern auf. »Hallo.«

»Hi, Amy. Hast du Holly gesehen? Wir warten auf sie.«

»Nein, tut mir leid. Ich hab sie seit heute Morgen nicht mehr gesehen.« Sie sagte nicht, dass sie Holly in der Mittagspause vergeblich gesucht hatte, auch nicht, dass Holly einen unangekündigten Mathe-Test bei Mr Tillyard versäumt hatte. Amy machte sich Sorgen. Holly hatte noch nie den Unterricht geschwänzt. Und ein unangekündigter Test war nicht unbedingt die beste Gelegenheit, um damit anzufangen. Nach dem Unterricht hatte Amy einige der staubigeren Nischen der Schulbibliothek durchforstet, aber auch da keine Spur von Holly. Genauso wenig in den Toiletten oder sonst irgendwo, soweit Amy es beurteilen konnte.

»Seltsam«, meinte Fern. »Vielleicht sollte ich die Sekretärin bitten, noch einmal eine Durchsage zu machen.«

Amy bezweifelte, dass es etwas bringen würde. Doch sie schwieg. Sie hatte bestimmt zehn Mal versucht, Holly auf dem Handy zu erreichen, doch es war abgeschaltet. Und falls Holly sich außerhalb des Schulgeländes aufhielt, war es gut möglich, dass sie nicht angerufen werden wollte.

»Ich gehe dann mal besser«, sagte sie. »Können Sie Holly bitte ausrichten, dass sie mich anrufen soll? Es ist dringend. War schön, dich wiederzusehen, Cassie.«

Cassie lächelte und zappelte in ihrem Rollstuhl herum.

»Danke, Amy«, sagte Fern. »Ich richte es aus. Falls sie je daran denkt aufzutauchen.«

Amy ging über den von der Wintersonne beschienenen Schulhof. Zweimal schaute sie sich um. Fern suchte mit Blicken das Schulgelände ab, doch es war niemand mehr da. Auf dem Parkplatz standen nur noch wenige Wagen. Auch hier war niemand. Als Amy sich das zweite Mal umblickte, sah sie, dass Fern in Richtung Sekretariat ging.

Da braute sich was zusammen. Amy konnte es spüren.

HOLLY

Ich heiße Holly Holley, und ich bin glücklich, obwohl ein Mädchen, das aussieht wie zwölf und in dessen Augenbraue ein langer Metallstift steckt, wie eine Irre an meinem Haar herumsäbelt.

Und ich bin stolze Besitzerin von neuen hammermäßigen, einhundertfünfzig Dollar teuren Stiefeletten. Ich kaufe normalerweise in irgendwelchen Ladenketten ein, wo man ab einem Einkauf von fünfundzwanzig Dollar das zweite Paar Schuhe umsonst kriegt. Aber Demi hat recht. Sie sind ihren Preis wert. Farblich genau passend zu einem meiner neuen

Kleider. Und laut Demi lässt das gesamte Outfit meine Beine länger erscheinen. Und längere Beine können nie schaden.

Ich trage die neuen Stiefel und das neue Kleid. Meine langweilige Schuluniform liegt zusammengerollt in einer der Tüten, versteckt unter aufregend neuen Sachen. Ein Top und der dazu passende Rock gefallen mir ganz besonders. Beide sind einfach fantastisch und ich kann sie mit einigen meiner anderen Sachen kombinieren. Das hat Demi mir auch beigebracht. Sieh die Teile nie für sich. Denke an die Wirkung, die du mit dem gesamten Outfit erzielen kannst.

Ich habe über fünfhundert Dollar ausgegeben.

Aber ich sehe nach einer Million Dollar aus.

Wie Mum sagen würde: Du musst nicht Einstein sein, um dir auszurechnen, dass das ein gutes Geschäft ist.

Aber ich will jetzt nicht an Mum denken. Ich schiebe ihr Bild aus meinem Kopf und konzentriere mich stattdessen auf mein eigenes, das mir aus dem Spiegel im Frisörsalon entgegenblickt.

Demi hat ihre Beziehungen spielen lassen, damit ich ohne Termin drankam. Jetzt sind sie, Kari und

Georgia losgezogen, um noch ein bisschen für sich zu shoppen. Sie sind wirklich süß. Wir sind stundenlang durch die Läden gezogen und sie haben nicht ein einziges Mal an sich selbst gedacht. Ich blicke hinunter auf den kleinen See aus Taschen zu meinen Füßen. Sie sind bald mit Haaren bedeckt, aber das spielt keine Rolle. Ich muss sie im Blick haben. Als ich wieder aufschaue, arbeitet das Mädchen Gel in das, was von meinem Haar noch übrig ist. Mein Unterkiefer klappt herunter. Das passiert in letzter Zeit häufig. Wenn es so weitergeht, werde ich meine Kiefer verdrahten müssen.

Verschwunden ist das mausfarbene Haar, das wie eine strähnige Matte bis knapp auf die Schultern fiel. Dafür habe ich jetzt einen Igelschnitt mit burgunderfarbenen Strähnchen. Es ist, als schaute ich jemanden an, der mir bekannt vorkommt, von dem ich aber nicht genau weiß, wo ich ihn unterbringen soll. Ich hätte nie gedacht, dass ein Haarschnitt sogar die Gesichtsform verändern kann. Jetzt wirkt mein Gesicht schmaler und die Augen erscheinen größer. Außerdem habe ich Wangenknochen. Mir ist nie aufgefallen, dass ich Wangenknochen habe.

Demi hat auch in diesem Punkt recht: Ich fühle mich wie neu geboren.

Die Neugeborene bezahlt die hundert Dollar, ohne dass man ihr die Scheine mit Gewalt aus der Faust hätte reißen müssen. Die Neugeborene ist selbstbewusst. Die Neugeborene ist glücklich.

Ich bin glücklich.

Demi und die beiden anderen warten draußen. Alle drei haben jetzt jede Menge eigene Tüten.

»Wow«, sagt Demi. »Das nenne ich einen Haarschnitt.«

»Du siehst fantastisch aus«, sagt Georgia.

»Sehr hübsch«, sagt Kari.

Hinter meinen Augen sammeln sich Tränen. Ich schlucke ein paar Mal und halte den Kopf gesenkt. Als ich wieder aufschaue, weine ich zwar nicht richtig, aber meine Augen sind feucht.

»Ich weiß ja nicht, wie es euch geht, aber ich bin am Verhungern«, erkläre ich. »Lasst uns was essen gehen. Ich lade euch ein. Als Dankeschön.«

»Okay«, meint Demi. »Und beim Essen können wir dir dann unsere Überraschung geben.«

»Überraschung? Welche Überraschung?«

Demi legt mir den Arm um die Taille und schiebt mich in Richtung der Restaurants.

»Ich sag's nur ungern, Hol, aber das zentrale Element einer Überraschung liegt darin, dass sie …«

»Eine Überraschung ist?«

»Haargenau, meine Liebe«, sagt sie, und wir lachen beide.

IVY

»Wenn nichts passiert ist, bringe ich sie um«, erklärte Ivy. »Und wenn etwas passiert ist, bringe ich mich um.«

Ivy ging in der Küche auf und ab. Fern lehnte am Spülstein. Sie war blass und wirkte erschöpft.

Um zwanzig vor fünf war Fern ohne Holly zum Bioladen gekommen. Er war bereits geschlossen. Ivy zählte das Geld in der Kasse und verglich den Bestand mit dem Betrag auf der Bonrolle. Sie hatte aufgeschaut und gelächelt, als sie Fern bemerkte. Ihr Lächeln erlosch jedoch, als sie die Miene ihrer

Schwester sah. Ivy nahm die Nachricht auf, wie jede Mutter sie aufnehmen würde. Möglichkeiten, die nicht in Worte gefasst werden konnten, ließen ihr Gesicht sofort älter und grauer erscheinen.

Jetzt gingen Fern und Ivy abwechselnd in der Küche auf und ab und warteten.

»Ich bin sicher, dass ihr nichts passiert ist«, sagte Fern.

Ivy erwiderte eine ganze Weile nichts darauf. Das war auch nicht nötig.

»Was ist, wenn sie irgendwo liegt? Tot?« Ivys Gesicht war schmerzverzerrt, als wären ihre eigenen Worte wie Stiche in ihr Fleisch.

»Cassie glaubt das nicht«, sagte Fern. Sie seufzte.

»Sie hat ihr Handy abgeschaltet«, entgegnete Ivy. »Ich habe keine SMS auf meinem. Wenn alles okay wäre, würde sie es mich doch wissen lassen, oder?«

»Ich vertraue Cassies Instinkt.«

»Ich fahre zu Amy. Wenn sie auch nichts weiß, gehe ich zur Polizei.«

»Wir kommen mit«, bot Fern an.

»Nein. Bleibt hier. Ruf mich an, falls sie auftaucht.«

CASSIE

Holly geht es gut. Ihr ist nichts passiert.

Sie wird kommen. Bald. Ihr ist nichts passiert.

Sie muss dich leiden lassen, auch wenn sie das selbst nicht versteht. Und weil du ihr die Flügel stutzen würdest. Ihre Flügel sind neu. Sie ist ganz fasziniert von ihnen. Sie weiß noch nicht, dass Flügel dich in die Luft tragen können, dass der Sturz, wenn sie versagen, jedoch schmerzvoller sein kann, als wenn du die Erde nie verlassen hättest. Ich kenne mich mit Flügeln aus.

Ich beneide sie um ihre.

HOLLY

Holly bestellte einen doppelten Cheeseburger mit Speck und extralangen Pommes. Sie hätte ein überfüttertes Pferd zwischen zwei garagentorgroßen Brötchenhälften essen können, wenn es auf der Karte gestanden hätte.

Die anderen hatten jede nur eine kleine Tüte Pommes bestellt, aßen aber kaum etwas. *Das erklärt, weshalb sie Stabheuschrecken sind und ich gebaut bin wie ein Wombat*, dachte Holly und stopfte sich den Mund mit Cheesburger und Pommes voll. *Aber eins nach dem anderen. Um diesen Teil meiner Verwandlung kümmere ich mich später.*

»Ich möchte dir nur noch einmal danken, Demi.« Sie bemühte sich, keine Fleischkrümel über den Tisch zu spucken. »Dass du mir geholfen hast. Danke euch allen. Für alles.«

Demi griff in ihre Pommes-Tüte, überlegte es sich dann jedoch anders. Es war, als sähe sie bildlich vor sich, wie sich Kalorien in Fett verwandelten und auf ihre Hüften legten.

Sie wandte sich an Kari und Georgia. »Was meint ihr, Mädels? Zeit für die Überraschung?«

Sie griffen unter den Tisch und holten ihre Einkaufstüten herauf. Sie zogen ein Kleidungsstück nach dem anderen heraus und türmten sie auf dem Tisch auf. Tops, Röcke, Gürtel, Jeans und andere Hosen. Eins nach dem anderen.

Holly erkannte sie wieder. Es waren Sachen, die sie in verschiedenen Läden anprobiert hatte. Sachen, die

Demi an ihr gefallen hatten, die sie sich aber nicht leisten konnte.

»Herzlichen Glückwunsch zum Geburtstag!«, sagte Demi.

»Ich habe nicht Geburtstag«, widersprach Holly. Sie hatte aufgehört zu kauen. Ein Bissen Burger beulte ihre rechte Wange aus. Ihr Unterkiefer drohte erneut herunterzuklappen.

Demi zuckte mit den Schultern.

»Irgendwann schon. Jeder hat mal Geburtstag. Wir sind nur ein bisschen früh dran mit unseren Geschenken.«

Holly hatte schon gehört, dass eine plötzliche Erkenntnis sich anfühlen konnte wie ein Schlag mit dem Hammer. Diese fühlte sich anders an. Sie fühlte sich an wie eine explodierende Bombe.

»Ihr habt die Sachen gestohlen«, flüsterte sie.

Demi schnalzte leise mit der Zunge.

»Diebstahl ist so ein hässliches Wort, Hol. Ich stelle mir lieber vor, dass wir sie befreit haben. Falls du ein Problem damit hast, kannst du sie jederzeit zurückbringen. Es gäbe dann allerdings ein wenig Erklärungsbedarf.«

Holly starrte sie nur an. Nach gefühlten fünfzehn Minuten begann sie wieder zu kauen, aber ihr Mund war trocken und sie musste einen dicken Klumpen Essen ihre Kehle hinunterzwingen. Der Hunger war ihr vergangen. Plötzlich hatte sie das Gefühl, als schauten alle im Restaurant zu ihr herüber.

»Packt sie weg«, zischte sie.

Die Mädchen lachten, falteten die Kleidungsstücke aber zusammen und steckten sie wieder in die Tüten. Sie hatten es nicht eilig damit. Als der Tisch leer war, stützte Demi ihr Kinn in die Hände und schaute Holly in die Augen.

»Nur noch eine Sache«, begann sie, »dann ist unsere Arbeit hier, glaube ich, getan. Make-up.«

Hollys Gehirn hatte sich in Watte verwandelt. Sie brachte ihre Gedanken nicht auf die Reihe. Die Worte kamen mit einem Lachen heraus, obwohl sie wusste, dass es nicht im Geringsten komisch war.

»Das ihr wahrscheinlich auch klauen wollt.«

Die Mädchen erwiderten nichts darauf. Sie blickten sie nur an und lächelten.

HOLLY

Ich heiße Holly Holley und bin eine Diebin.

Mein Herz steht kurz davor, aus meinem Brustkorb zu springen. Es klopft so laut, dass ich mich frage, warum das Personal es nicht hört.

Ich denke an die Ratschläge, die die Mädchen mir gegeben haben, als ich darauf bestand, es selbst zu machen. *Verhalte dich selbstbewusst. Halte die Augen offen nach Überwachungskameras. Sei schnell und entschlossen, wenn du die Sachen einsteckst. Renne nicht aus dem Laden. Geh schön langsam. Kaufe eine Kleinigkeit.*

Doch als ich mich an der Kasse anstelle, fühlt sich mein Gesicht ganz heiß an. Schuldbewusstsein dringt aus allen Poren. Man kann es riechen.

»Hallo, wie geht's?«, fragt das Mädchen an der Kasse.

»Gut. Und selbst?«

»Gut.« Sie scannt den weit heruntergesetzten Nagellack ein. »Drei Dollar fünfundneunzig, bitte.«

Ich gebe ihr einen Fünf-Dollar-Schein, den ich bereits vorher aus meiner Handtasche geholt habe.

Darin sind Lippenstift, Lidstrich und Grundierung. Sachen, die laut Demi für meinen neuen Look unerlässlich sind.

»Kann ich einen Blick in deine Taschen werfen?«, fragt das Mädchen, als sie mir das Wechselgeld gibt.

Mir stockt das Herz. »Bitte?«

Das Mädchen scheint verwirrt. »Ich hab gesagt ›Einen schönen Tag noch‹.«

Ein Pochen in meinen Ohren sagt mir, dass mein Herz seine Tätigkeit wiederaufgenommen hat.

»Oh, danke. Dir auch.«

Und dann bin ich draußen. Die Mädchen sitzen auf einer Bank hinter der nächsten Ecke. Ich laufe zu ihnen. Meine Füße scheinen den Boden nicht zu berühren. Ich bin immer noch in Panik. Doch im dunklen Kern dieser Panik liegt ein kleines, glänzendes Klümpchen Stolz.

IVY

»Die Vermisstenstelle, bitte.«

Fern hatte Tee gekocht, doch Ivy hatte ihn nicht angerührt.

Sie hatte noch weitere zwei Stunden gewartet, nachdem sie von Amy erfahren hatte, dass Holly die letzten beiden Schulstunden geschwänzt hatte. Amy hatte zuerst nicht damit herausrücken wollen. Ivy war sich nicht sicher, ob sie sich nach dieser Information mehr Sorgen machen sollte oder weniger. Und irgendwo tief innen nagte die unbestimmte, abergläubische Vorstellung, dass ein Anruf bei der Polizei ihren schlimmsten Albtraum irgendwie wahr werden ließe. Die ganze Zeit hatte sie noch gedacht, dass Holly jeden Augenblick mit einer Erklärung hereinspazieren würde. Etwas, das Ivy vergessen hatte. Irgendeine Besprechung. »Ich hab's dir *gesagt*, Mum!«

Aber Holly war nicht hereinspaziert.

Ivy wusste, dass sie die Polizei sofort hätte anrufen sollen. Wie konnte sie sich ihr Zögern je verzeihen?

»Ich möchte eine Person als vermisst melden.«

Die letzten beiden Worte brachten das Fass zum Überlaufen. Kaum waren sie aus ihrem Mund, verlor Ivy die Fassung. So als hätte das Aussprechen sie

Wirklichkeit werden lassen. Schule schwänzen. Spät nach Hause kommen. Damit konnte sie umgehen. Vermisst. Das Wort war wie ein Schnitt mit einer scharfen Klinge.

Fern nahm ihr das Telefon aus der Hand und stützte sie.

6

HOLLY

Als Holly die Haustür öffnete und eingerahmt von der Nacht dort stand, sah sie Cassie in ihrem Rollstuhl am Tisch, ihre Mum, die sich an einer Stuhllehne festhielt, und Fern, die ihre Mum festhielt. Das Schluchzen hörte schlagartig auf. Einen Augenblick lang dachte Holly, jemand sei gestorben. Dann wurde ihr bewusst, dass es wegen ihr war.

Ein paar düstere Sekunden lang rührte sich niemand.

Mum starrte sie an. Fern schien sich nicht ganz sicher zu sein, wer sie war. Cassie war ausnahmsweise still. Die Küchenuhr tickte. Selbst da noch dachte Holly für einen Moment, dass die sprachlose Überraschung auf ihr Aussehen zurückzuführen sei. Auf das schwarze Kleid mit dem asymmetrischen Saum, die roten Lederschuhe und die silbernen Kreolen. Auf ihre Punkfrisur mit den feinen burgunderfarbenen Strähnchen. Demi hatte sie geschminkt. Holly erkannte sich selbst kaum wieder.

Aber sie erkannte die Gefühle, die das Gesicht ihrer Mutter überspülten, eines nach dem anderen. Überraschung, gefolgt von Erleichterung. Dann eine dunkle Welle des Zorns. Ihre Mum löste sich von Tante Fern, machte einen Schritt auf Holly zu und sank auf einen Stuhl am Küchentisch. Holly schloss die Haustür.

Fern brach das Schweigen. »Cass möchte in unser Zimmer. Sie muss üben.«

Üben, wie sie in ihr Zimmer kommt?, dachte Holly.

Niemand erwiderte etwas darauf. Fern schob Cassie aus der Küche. Holly erhaschte einen Blick auf dunkle Locken und braune Augen, die ihre kurz streiften. Dann waren sie verschwunden.

Auf den Wangen ihrer Mutter waren feine silberne Tränenspuren, angetrocknet wie Schneckenschleim. Sie schwieg immer noch. Als hätten ihr die aufgestauten Emotionen die Sprache verschlagen.

»Mum, es tut mir leid«, entschuldigte sich Holly.

Und ihre Worte brachten den Ballon zum Platzen.

CASSIE

Ich habe ein weiteres Herz zum Explodieren gebracht. Anderswo explodieren auch welche. Meines mit einem dumpfen Plopp. Die anderen sind voller Schmerz. Sie bringen meinen Cursor zum Zittern.

Ich mische die Bilder in meinem Kopf und sehe Holly wieder in der Tür stehen. Ihre Augen sind übervoll. Angst und Freude kämpfen gegeneinander, aber ich kann nicht sagen, welche Seite gewinnt.

Sie ist wunderschön.

Das Kleid, aus Nacht gemacht. Das Haar, mit freudiger Erregung hochgegelt. Die Augen, überschwemmt von widerstreitenden Gefühlen.

Sie ist wunderschön.

Sie hat die Flügel angelegt. Sie strahlen Licht und Anmut aus. Ich kann meine nicht finden. Ich fürchte, ich finde meine nie.

Ich bringe ein weiteres Herz zum Explodieren.

HOLLY

»Wo zum Teufel warst du?« Aus Ivys Worten sprach die pure Wut.

»Shoppen.«

»Shoppen.« Das Wort kam mit einem Lachen aus dem Mund ihrer Mutter. »Du warst shoppen. Das ist super, Holly. Hoffentlich hat es Spaß gemacht. Ich hoffe wirklich, dass du einen schönen Nachmittag hattest.«

Holly erwiderte nichts darauf.

»Also, wie war das? Du bist direkt von der Schule aus zum Einkaufszentrum gegangen, ja? Hast Fern und Cassie versetzt und bist nach dem Unterricht abgehauen?«

Holly trat von einem Fuß auf den anderen. Das Schweigen war gebrochen, aber die Atmosphäre in der Küche war immer noch gespannt. Sie hätte gern die Tüten abgestellt, wagte aber nicht, sich zu rühren. »Ja.«

»Du lügst, Holly Holley.«

»Okay.«

»Du liebe Güte, Holly.« Ivy legte das Gesicht in die

Hände und rieb über ihre Schläfen. »Du schwänzt die Schule, verschwindest stundenlang, ohne jemandem zu sagen, wo du bist, lässt uns in dem Glauben, du könntest tot sein, kommst nach Hause, siehst aus wie eine Nutte und lügst mich auch noch an.« Ihre Stimme brach. »Ich bin fassungslos. Ich habe dich für eine andere Art von Tochter gehalten. Ich dachte, ich könnte dir vertrauen.«

»Wer hat dir gesagt, dass ich die Schule geschwänzt habe?«

»Ich habe mit Amy gesprochen. Als ich verrückt war vor Sorge. Nachdem ich überall herumgefahren war und dich gesucht hatte. Du warst seit der Mittagspause weg. Seit der Mittagspause! Vielleicht sogar noch früher, was weiß denn ich. Warst du überhaupt im Unterricht heute?«

»Ja!« Holly konnte die Entrüstung nicht aus ihrer Stimme heraushalten. Wie konnte Amy sie nur verpfeifen? Wie konnte sie ihr das antun? »Ich hab nur Mathe versäumt am Nachmittag.«

»Nur Mathe! Das werd ich dir wohl glauben müssen. Aber es fällt mir schwer, jetzt da ich weiß, dass du eine Lügnerin bist.«

»Dann frag doch Amy. Die mustergültige Amy! Sie wird es dir sagen. Vielleicht glaubst du ja *ihr.*«

»DU SETZT DICH. SOFORT!« Holly hatte ihre Mutter noch nie so brüllen hören. Ihr Herz wummerte in ihrer Brust. Sie machte drei stockende Schritte auf den Küchentisch zu und setzte sich. Die Einkaufstüten verteilten sich um ihre Knöchel.

»Wage es nicht, Amy einen Vorwurf zu machen, weil sie die Wahrheit gesagt hat«, fuhr Ivy fort. »Ich bin nur dankbar, dass es überhaupt jemand getan hat. Hast du eine Vorstellung, auch nur die geringste Vorstellung davon, was ich deinetwegen durchgemacht habe? Was Fern und Cassie deinetwegen durchgemacht haben?«

»Ich habe gesagt, es tut mir leid.«

»Das genügt nicht, Holly. Bei Weitem nicht. Deine Entschuldigung wird nicht akzeptiert.«

»Gut. Dann gehe ich jetzt in mein Zimmer. Oder passender: ins Gästezimmer. Meines ist ja belegt.«

»Du gehst nirgendwohin. Nicht, bevor wir hier fertig sind.«

»Was willst du von mir, Mum? Was willst du?«

Holly hatte die Stimme erhoben. Sie spürte, dass

ihre Worte von Zorn durchsetzt waren und konnte nichts dagegen tun.

»Was ich will?« Ivys Lachen klang bitter und feindselig. »Wie wäre es mit der Wahrheit? Wie wäre es mit ein bisschen Rücksichtnahme? Ist das zu viel verlangt?«

»Ich kann nichts weiter tun, als mich zu entschuldigen.«

»Ich dachte, du seist tot, Holly.« Ivys Stimme klang angespannt vor Schmerz, fast bis zum Zerreißen angespannt. »Ich dachte, du seist tot. Hast du eine Vorstellung davon, wie sich das anfühlt?«

Holly sagte nichts. Ivy fuhr sich unwirsch über die Wangen und verteilte die Tränen, sodass ihr ganzes Gesicht glänzte. Sie schniefte und es klang ziemlich feucht. Sie putzte sich die Nase am Ärmel ab.

»Als ich heute Morgen zur Arbeit ging, hatte ich eine Tochter. Sie war vertrauenswürdig, witzig und liebevoll. Jetzt sehe ich eine Lügnerin vor mir, ein Flittchen, eine so charakterlose Person, dass sie nicht einmal auf die Idee kam anzurufen. Eine, die gewusst haben muss, dass ich vor Sorge verrückt werden würde, die das aber nicht gekümmert hat. Ich sag dir, was ich will, Holly. Ich will meine Tochter wiederhaben.«

Holly spürte die Tränen aufsteigen. Sie schwollen an und hingen einen Augenblick an ihren Wimpern. Sie blinzelte sie zurück. Diese Befriedigung konnte sie ihrer Mutter nicht geben. Sie schwieg, bis sie ihrer Stimme wieder trauen konnte.

»Eine Lügnerin, ein Flittchen, eine charakterlose Person«, wiederholte sie. »Vielleicht wäre es besser, ich wäre tot.«

Holly kam sich vor wie ein Boxkämpfer kurz vor dem Schlappmachen, zu erschöpft für den nächsten Hieb. Ihr Blick traf den ihrer Mutter, doch sie erkannte sie kaum wieder. Ihr Schweigen war das Schweigen unter Fremden.

HOLLY

Ich heiße Holly Holley und bin eine Lügnerin und Diebin.

Es ist kurz nach Mitternacht und ich höre Mum und Tante Fern in der Küche miteinander reden.

Einen Preis gewinne ich fürs Erraten des Gesprächsthemas bestimmt nicht, denke ich. Holly, die Tochter aus der Hölle. Die Lügnerin, das Flittchen, die abscheuliche Ausgeburt des Satans. Ich lege das Kissen über meinen Kopf, um das gedämpfte Stimmengemurmel auszuschalten. Aber die Stimmen in meinem Kopf? Sie sind laut und deutlich zu vernehmen. Also stehe ich auf und ziehe meinen Morgenmantel an. Die Tür knarrt leise, als ich sie öffne, doch die Unterhaltung stockt nicht. Sie sind zu sehr damit beschäftigt, auf meinen Schwächen herumzuhacken, um es zu merken.

Ich schleiche den dunklen Flur hinunter, bis die Stimmen zu verstehen sind. Falls jemand aus der Küche kommt, habe ich genügend Zeit, unbemerkt in mein Zimmer zurückzugehen. Vielleicht. Jedenfalls bin ich bereit, das Risiko einzugehen. Normalerweise belausche ich andere Leute nicht, aber in diesem Fall habe ich es ja wohl verdient zu hören, was über mich gesprochen wird.

Wie es sich herausstellt, reden sie jedoch über Cass. Meistens.

»Ich habe gehör, wie sie geweint hat«, erzählt

Mum. Ich weiß, dass sie nicht von mir spricht. Bei mir gab es keine Tränen.

»Erstaunlich, dass du bei dem Geschrei hier drin überhaupt etwas gehört hast.« Tante Ferns Stimme lächelt. Ich kann's hören. »Mach dir keine Gedanken wegen Cass. Sie kann was aushalten. Und sie ist immer ein wenig aus der Fassung, nachdem sie mit ihrem Dad telefoniert hat. Ich meine, es ist super, dass er anruft. Aber jeden Abend? Ich bin mir nicht sicher, ob es hilfreich ist, aber ich weiß nicht, wie ich es ihm beibringen soll.«

»Das ist es nicht«, entgegnet Mum. »Wir bringen sie aus der Fassung. Ich und Holly.«

»Es hat uns alle aus der Fassung gebracht.«

Dem stimme ich zu.

»Du liebe Zeit!«, ruft Mum unvermittelt. »Wir haben noch gar nichts gegessen. Du musst am Verhungern sein. Und die arme Cass.«

Kümmere dich nicht um Holly, denke ich. Ich zähle nicht mehr. Wut steigt wieder in mir hoch und ich verpasse einen Teil von Ferns Antwort.

»… der ganzen Aufregung, habe ich überhaupt nicht ans Essen gedacht.«

»Du glaubst, dass ich zu hart mir ihr ins Gericht gegangen bin, stimmt's?«

Darauf habe ich gewartet. Ich will das Haar hinter mein linkes Ohr streichen und merke, dass ich keine langen Haare mehr habe. Ich beuge mich ein Stückchen vor. Es herrscht Schweigen, dann wieder Ferns Stimme, ruhig und leise.

»Weißt du noch, als du dir dein Tattoo hast stechen lassen, Schwesterherz?«

Mums Tattoo? Was hat das mit der ganzen Sache zu tun?

»Oh, Fern, erinnere mich nicht daran.«

»Was stand ursprünglich da?«

In der Küche ist es still. Die Uhr tickt.

»Ross«, antwortet Mum schließlich. »Unter der Rose stand ›Ross‹. Wie peinlich. Erinnerst du dich an Ross?«

»Wie könnte ich ihn vergessen? Groß, gut aussehend, athletischer Körperbau.«

»Genau. Ich war so in ihn verknallt.«

Ich hab noch nie was von dem Kerl gehört.

»Ich hab ihn dazu überredet. Wir gingen zusammen zu dem Tattoo-Studio. Er ließ sich ›Ivy‹ auf den Arm tätowieren, unter diese schreckliche Ranke, die wahrscheinlich mich darstellen sollte. Und ich habe mich für eine Rose entschieden. Ich hätte nur eine Dorne nehmen sollen. Wenn ich daran denke, wie viele andere Mädchen er damals hatte, wundert es mich, dass auf seinem Bizeps überhaupt noch Platz für mich war. Heute hat er garantiert keinen freien Zentimeter Haut mehr.«

Sie lachen. Ich stöhne.

»Wie alt warst du damals?«

»Sechzehn. Er hat mir das Herz gebrochen. Und ich musste noch mal in dieses Studio und aus ›Ross‹ ›Rose‹ machen lassen.«

»Genau«, bestätigt Fern.

Jetzt wird's doch noch interessant. Erst nach einer langen Pause ergreift Mum wieder das Wort.

»Ich verstehe«, sagt sie. »Ich weiß jetzt, worauf du hinauswillst.«

»Mum war so wütend«, erinnert sich Tante Fern. »Sie hat einen ganzen Monat nicht mit dir gesprochen. Sie ging sogar zu Ross und hat ihm ihre Meinung gegeigt. Danach war das Tattoo-Studio dran. Der hünenhafte Kerl, dem es gehört hat. Hundertvierzig

Kilo tätowierter Speck sitzt da wie ein kleiner Junge, den man im Tante-Emma-Laden gerade beim Klauen eines Lutschers erwischt hat. Sie hat ihn zum Weinen gebracht. Mann o Mann, danach hätte er seine eigene Großmutter nach ihrem Ausweis gefragt.«

»Sie konnte ein echter Drache sein, unsere Mum.«

»Und du mit deinem ständigen ›Aber ich liebe ihn, Mum. Ich bin kein Kind mehr. Ich liebe ihn‹.«

»Ich war ein Idiot.«

»Du warst sechzehn und verliebt. Du wolltest erwachsen sein, und Mum sagte, du seist noch ein Kind.«

»Sie hatte recht.«

»Vielleicht. Aber das hat dein Verhalten damals nicht verändert, oder? Du hast nicht plötzlich gesagt: ›Hey, du hast recht, ich bin noch ein Kind.‹ Du hast das Erwachsensein an der Kleidergröße gemessen, hast ausprobiert, wie es sich in anderen Kleidern anfühlte. Das haben wir alle getan. Jede auf ihre Art. Und Holly tut das gerade auch. Ihre Frisur zumindest wächst wieder raus, was man von deinem Tattoo nicht sagen kann.«

Wow, denke ich. *Ein Hoch auf Tante Fern.*

»Manchmal hasse ich dich«, sagt Mum.

»Das liegt daran, dass ich immer recht habe.«

Ein Stuhl wird zurückgeschoben. Ich mache ein, zwei Schritte auf mein Zimmer zu und halte dann inne. Ich höre Wasser aus dem Hahn laufen. Teetassen klappern im Spülstein. Als das Wasser abgedreht wird, höre ich noch das Ende ihrer Unterhaltung.

»... was du gesagt hast, Fern. Aber das heißt nicht, dass Holly keinen Hausarrest bekommt. Möglicherweise bis zum Ende ihrer Tage.«

»Damit rechnet sie wahrscheinlich.«

»Gut. Ich werde sie nicht enttäuschen.«

FERN

Fern lag auf der Seite und beobachtete die schlafende Cassie. Egal wie oft sie das tat, es erschien ihr immer wie ein Wunder. Im Schlaf waren Cassies Züge entspannt. Sie zuckte nicht. Ihre Arme und Beine wirkten verkümmert, das schon. Cass fehlten die motorischen Fähigkeiten, um sie trainieren zu können. Aber sie lagen friedlich da. Nur wenn Cassie wach war, schickte ihr Gehirn Botschaften aus, die nie ankommen sollten. Oder besser: Botschaften, die beschädigt, verändert, verdreht ankamen, wie die »Stille Post«, die sie früher in der Schule gespielt hatten. Fern streckte einen Arm aus und rückte das Kissen zurecht, das beim Schlafen zwischen Cassies Knien lag. Das Mädchen rührte sich nicht.

Fern dachte an ihre Schwester. Die eine Tochter hatte, die sich nicht meldete, die die Schule schwänzte, die mit Freundinnen zum Shoppen ging, die schrie und brüllte und mit ihrer Mutter stritt, die in ihr Zimmer lief und die Tür hinter sich zuknallte.

Sie fragte sich, ob Ivy wusste, welch ein Glück sie hatte.

HOLLY

Holly saß am Fußende ihres Bettes. Die Schranktür stand offen und sie sah das schwarze Kleid darin hängen. Darunter standen ordentlich nebeneinander die roten Stiefel. Ein Spiegel auf der Innenseite der Tür zeigte ihr Bild, blass und verschwommen im fahlen

Mondlicht. Sie neigte den Kopf zur Seite. Sie sah so anders aus. Auch jetzt noch, nachdem sie ihr Spiegelbild eine Stunde lang betrachtet hatte, passte es irgendwie nicht zu ihren Gefühlen. Das Gesicht, das sie anschaute, wirkte selbstbewusst, fast übermütig. Das Bild einer Person, die Ladendiebstahl begehen konnte, ohne sich Gedanken darüber zu machen. Außer dem Kleid hatte sie nichts aufgehängt. Die Sachen, die Demi, Kari und Georgia ihr geschenkt hatten, lagen immer noch in den Tüten. Sie hatte sie in die dunkelsten Ecken ihres Kleiderschranks gestopft.

Holly versuchte, nicht an sie zu denken.

Stattdessen dachte sie an ein junges Mädchen und ein Rosentattoo.

7

FERN

Es war ein trübseliger Samstag. Die Dämmerung kämpfte sich durch einen feinen, lustlosen Regen.

Fern stöhnte und versuchte, das Klimpern der Glöckchen zu ignorieren.

»Es ist halb sieben, Cass«, flüsterte sie. »Praktisch noch mitten in der Nacht, Kleine. Die Vögel sind noch nicht mal wach. Sie schlafen heute länger. Warum machen wir es nicht genauso? Es ist schließlich Wochenende.«

Die Glöckchen bimmelten eindringlicher.

»Okay, okay. Nicht so laut, sonst weckst du die Vögel auf.« Mühsam schwang Fern die Beine über die Bettkante. Einen Moment lang hockte sie zusammengekauert da und rieb sich die Augen. Hatte sich jemand in der Nacht ins Zimmer geschlichen und Staubkörnchen hineingestreut? Sie wankte ins Bad und betrachtete sich im Spiegel. Wer auch immer das mit den Staubkörnchen gewesen war, hatte auch das Knittergesicht zu verantworten. Sie sah aus, als müsste sie gebügelt werden. Kein Wunder bei dem Schlafmangel.

Fern spritzte sich kaltes Wasser ins Gesicht. Duschen würde sie erst nach dem Frühstück. Für den Moment gab das Wasser ihr das Gefühl, etwas wacher zu sein, doch sie konnte die Füße immer noch nicht richtig heben, als sie in ihr Zimmer zurückging.

IVY

Fern hielt sich an einer Kaffeetasse fest, als Ivy sich in die Küche schleppte. Die Schwestern stöhnten sich an und Ivy goss sich aus der Kanne auf dem Herd eine Tasse Kaffee ein. Sie überlegte, ob sie Milch nehmen sollte, entschied sich dann aber dagegen. Stark und schwarz. Nur schade, dass sie ihn nicht intravenös haben konnte. Sie ließ sich gegenüber von Fern auf einen Stuhl plumpsen. Die Schwestern stöhnten sich erneut an.

»Das geschieht, wenn deine Tochter auf die schiefe Bahn gerät«, bemerkte Ivy. »Wahrscheinlich ist unsere Mutter deshalb über Nacht um zehn Jahre gealtert. Sehe ich so schlimm aus, wie ich mich fühle?«

»*Ich* kann nicht so schlimm aussehen, wie ich mich fühle«, erwiderte Fern. »Sonst würdest du schreien und mir ein Kruzifix vorhalten.«

»Das würde ich ja, aber mir fehlt die Kraft.«

»Danke.«

»Wo ist Cassie?«, erkundigte sich Ivy.

»In unserem Zimmer.« Fern gähnte und schenkte sich noch eine Tasse Kaffee ein. »Das kleine Biest. Sie scheucht mich zu einer absolut unchristlichen Zeit aus dem Bett und besitzt dann auch noch die Frechheit, schlechte Laune zu haben. Ich mache ihr Frühstück und sie will es nicht. Sie will nur noch vor diesem Computer sitzen und Herzen zum Explodieren bringen.«

»Ich glaube nicht, dass ich Cass je mit schlechter Laune erlebt habe. Lediglich in den ersten paar Minuten nach eurer Ankunft. Aber da war sie einfach übermüdet.«

Fern verzog das Gesicht.

»Glaub mir, die engelhafte Cass hat auch eine dunkle Seite. Wenn sie hervorkommt, wirft die Farbe an den Wänden Blasen. Wenn sie sich irgendetwas in den Kopf gesetzt hat … nimm dich in Acht. Du kannst sie nicht davon abbringen. Und heute will sie den Computer. Also muss sie den Computer haben. Schon morgens um halb sieben.«

»Himmel, hilf«, stöhnte Ivy. »Zwei Kinder mit Dickkopf. Hat Holly sich schon gezeigt?«

»Nö.«

»Überrascht mich nicht. Selbst an einem guten Samstag steht sie vor zwölf nicht auf. Ich gehe davon aus, dass sie heute den ganzen Tag in ihrem Zimmer bleibt.«

»Ich mach dir einen Vorschlag, Schwesterherz«, sagte Fern. »Ich nehme mir deine Teufelsbrut zur Brust und du dir meine. Tanten sind gegenüber Müttern im Vorteil. Im Allgemeinen steht ihnen nicht das Wort ›Teufel‹ auf der Stirn geschrieben.«

»Das vielleicht nicht, aber ich habe eine Reliefkarte

der Australischen Kordilleren auf meiner. Hast du jemals so viele Sorgenfalten auf einer Stirn gesehen?«

»Nicht, seit ich das letzte Mal in den Spiegel geschaut habe.«

CASSIE

Mein Kopf und mein Nacken brennen wie Feuer. Kleine Schmerzfunken fliegen herum, glühen und brennen.

Erst nach sechzehn Minuten waren alle Herzen weg.

Langsam.

Gestern habe ich es in zwölf geschafft.

Ich muss meinen Muskeln Zeit geben, sich zu entwirren und locker zu werden. Sie sind zu angespannt und im Zentrum der Angespanntheit entsteht das Feuer. Aber sie ist zerbrechlich, spröde, diese Kontrolle. Löse ich die Anspannung auf, verbreitet sich Chaos. Kräfte von außerhalb zerren und zupfen an meinem Körper.

Ich lasse mein ganzes Sein in den Cursor fließen. Ich spanne meinen Willen noch fester an. Ich ignoriere die Glutnester in meinem Nacken.

Alles ist still.

***

Es klopfte an Cassies Tür und sofort danach streckte Ivy den Kopf ins Zimmer.

»Hallo, Kleines. Darf ich reinkommen?«

Cassies Kopf drehte sich.

»Was machst du da?«, fragte Ivy. »Ist es okay, wenn ich eine Weile zuschaue?«

Sie setzte sich gleich links neben Cassies Rollstuhl auf die Bettkante. Der Computer stand auf einer kleinen Kommode. Die Höhe stimmte nicht ganz, aber Fern hatte ein paar Kissen unter Cassies Hintern geschoben, damit die Sitzposition einigermaßen hinkam.

Ivy schaute zu, wie der Cursor sich langsam über die Mitte des Bildschirms bewegte.

Schweißperlen standen auf Cassies Stirn, als sie den Cursor zu einem Kasten am oberen Bildschirmrand brachte. Darin waren sechs kleine Fenster mit jeweils unterschiedlichen Symbolen. Cass positionierte den Cursor auf ein Zweifachsymbol, nahm ihn langsam wieder weg und schob ihn dann an genau dieselbe Stelle zurück. Das Fenster wurde grau.

Dann brachte sie den Cursor zu einem Symbol am unteren Bildschirmrand. Obwohl er nicht ganz auf die Mitte traf, öffnete er das Programm. Achtzehn Herzen erschienen, jeweils sechs in einer Reihe. Cassie holte tief Luft und brachte den Cursor mit schierer Willenskraft zum ersten Herzen.

»Das ist super, Cassie«, lobte Ivy. »Ich sehe, was du tust. Ganz schön clever.«

Cassies Kopf drehte sich und der Cursor rutschte vom Bildschirm.

»Oh je. Du solltest es nicht übertreiben, Kleines. Vielleicht ist es besser, du machst mal eine Pause.«

Cassies Kopf ruckte nach hinten und schlug gegen die Kopfstütze ihres Rollstuhls. Ein Arm fuchtelte herum. Langsam wurde sie wieder ruhiger und wandte sich erneut dem Monitor zu. Ihr Körper hörte auf zu zappeln. Der Cursor blinkte einmal am Bildschirmrand, verschwand und tauchte wieder auf. Die Stille im Raum verdichtete sich, wurde zu einer fast greifbaren Gegenwart. Der Cursor bewegte sich auf das Herz zu.

»Wie wäre es mit einem Ausflug?«, fragte Ivy.

Cassie heulte. Sie kreischte und ihr Kopf rollte hin

und her. Ihre Hände flogen zur Seite, fegten den Sensor vom Bildschirm und rissen den USB-Stick aus der Buchse.

Ivy sprang auf und wich einen Schritt zurück. Im selben Moment kam Fern herein. Sie nahm Cassies Hände zwischen ihre und schaute ihrer Tochter in die Augen. Aus Cassies Kreischen wurde ein leises Wimmern, aber ihre Beine zuckten und kickten weiter.

»Beruhige dich, Süße«, sagte Fern. »Sag mir, was los ist.«

Nach etlichen Minuten wandte sie sich an ihre Schwester.

»Cass dankt dir sehr für deine Besorgnis. Im Moment hat sie jedoch das Gefühl, dass deine Anwesenheit sie von ihrer Arbeit ablenkt, und wäre dir dankbar, wenn du ihr Zeit und Raum lassen würdest, sich ihr wieder zu widmen.«

»Das hat sie alles gesagt?«

Fern stöpselte die verschiedenen Teile wieder in den Computer.

»Na ja, es war eher so was wie ›Sieh verdammt noch mal zu, dass sie endlich verschwindet!‹, aber ich habe zwischen den Zeilen gelesen. Ich hab's dir gesagt, Schwesterherz. Ein Dickkopf, wie er im Buche steht.«

HOLLY

Holly hörte Musik auf ihrem iPod und scrollte durch die Adressen in ihrem Handy, um Amys Nummer zu löschen. Sie hörte Ferns Klopfen nicht. Deshalb schreckte sie zusammen, als die Tür aufging. Sie war nicht scharf auf eine weitere Auseinandersetzung mit ihrer Mutter. Was Holly betraf, würde sie zwar riskieren, ihren Kopf über den Schutzwall zu strecken, wenn es sein musste – wenn das Abendessen fertig war zum Beispiel –, doch für den Rest der Zeit war dieser voll gestellte Raum eine Zufluchtsstätte, ein Ort der Ruhe und des Friedens.

Natürlich nur, wenn man den schwachen, sich hartnäckig haltenden Geruch nach Katzenpisse vergessen konnte.

Holly war erleichtert, als sie Fern um den Türrahmen spähen sah, doch unterschwellig war die Angst noch da, als sie ihre Ohrstöpsel herauszog. Holly erkannte die Zeichen. Das würde eine freundliche Standpauke über Verantwortung und Rücksichtnahme werden. Ihre Mutter und ihre Tante hatten sich darauf verständigt. Ihr Herz hüpfte nicht gerade vor Freude bei der Aussicht, aber wenigstens hatte Fern keine Hörner und es züngelten keine Flammen über ihrem Kopf.

»Hi, Hol.«

»Hi.«

»Darf ich reinkommen?«

Holly zuckte mit den Schultern. Fern setzte sich auf die Bettkante und blickte sich um.

»Du liebe Güte, das Zimmer ist ja winzig. Es tut mir so leid, Holly. Ich habe ein ganz schlechtes Gewissen, weil wir dich aus deinem Zimmer geworfen haben.«

»Kein Problem.«

»Hier drin kannst du ja nicht mal umfallen.«

»Mein Glück.« Fern drehte sich zu Holly um und legte die Hände auf die Knie. Ein sicheres Zeichen dafür, dass die Predigt gleich beginnen würde. Holly wappnete sich.

»Hörst du morgens Glöckchen?«, fragte Fern.

Damit hatte Holly nicht gerechnet. Glaubte Fern, sie würde an irgendeiner Form von Geisteskrankheit leiden? Was kam als Nächstes? »Sagen die Stimmen dir, du sollst dir die Haare abschneiden und deine Mutter nicht mehr respektieren?« Dann fiel ihr das leise Klimpern ein, das zu ihrem Wecker geworden war.

»Ja. Haben sie etwas mit Cassie zu tun?«

»Und ob. Cass war schon immer eine Frühaufstehe-rin. Leider. Zu Hause – in Darwin – hatte Cass ihr eigenes Zimmer, und wenn sie aufwachte, musste man sich natürlich um sie kümmern. Sie musste zur Toilette, brauchte ihr Frühstück. Viele Möglichkeiten hatte sie nicht. Früher hat sie geschrien. Und glaub mir, Holly, es ist kein Vergnügen, von durchdringendem Geschrei aus dem Schlaf gerissen zu werden. Ich war mit kaltem Schweiß bedeckt, wenn ich aufwachte, weil ich dachte, sie würde ermordet werden. Ich habe Stunden gebraucht, um mich wieder zu beruhigen. Ich konnte keinen Kaffee trinken, so überdreht war ich.«

Holly brachte ein schwaches Lächeln zustande.

»Die Glöckchen waren Cassies Idee. Ich habe ein paar Windspiele gekauft und sie über ihrem Bett aufgehängt. Wenn sie aufwacht, kann sie mit den Händen durchfahren. Jetzt wache ich zum Bimmeln von Glöckchen auf, was die Situation erheblich verbessert, das kann ich dir sagen. Für alle.«

Holly nickte. Aber sie wusste, dass ihre Tante nicht gekommen war, um ihr das zu erzählen. Irgendwo lauerte garantiert noch eine Gardinenpredigt. Früher oder später würde sie sich zeigen. Wahrscheinlich früher. Gardinenpredigten hatten das so an sich.

»Ich erzähle dir das, Hol«, fuhr Fern fort, »weil ich eine Parallele sehe zwischen diesen Glöckchen und dem, was sich zwischen dir und deiner Mum abspielt.«

Da war sie also! Hatte ihr Versteck bereits verlassen. Wollte Tante Fern damit sagen, sie und ihre Mum würden sich gegenseitig auf die Glocke hauen? Bildlich gesprochen? Doch so einfach war es sicher nicht. Und sie vermutete, dass die Moral entschieden langweiliger war.

»Ich möchte damit sagen, dass wir manchmal extraviel Aufmerksamkeit von den Menschen brauchen, die uns am nächsten stehen. Vielleicht glauben wir, man würde uns ignorieren oder für selbstverständlich nehmen. Also schreien wir. Wir brüllen, was die Lunge hergibt. Wir wollen nicht grausam sein oder Angst machen oder verletzen. Wir wollen nur Aufmerksamkeit. Aber denk dran, Holly, manchmal können wir diese Aufmerksamkeit durch sanftere Mittel erhalten. Durch das Klingeln von Glöckchen statt durch eine hohe Lautstärke. Verstehst du, was ich meine?«

»Klar, Tante Fern.«

»Braves Mädchen. Denk darüber nach.«

Holly dachte darüber nach. Warum waren Erwachsene solche Idioten? Glocken und Schreie. Ich bitte dich!

Doch Holly sah Fern an, dass sie hochzufrieden war. Sie lächelte, als hätte sie ihre Predigt genau wie geplant gehalten. Wahrscheinlich hatte sie stundenlang an ihr herumgefeilt. Doch genießen konnte sie ihren großen Augenblick nicht lang. Cassies Schreie aus dem Zimmer weiter unten im Flur ließen beiden zusammenfahren. Es klang, als quäle jemand eine Katze. Fern sprang auf und lief aus dem Zimmer.

»Aber manchmal bringen Glöckchen es einfach nicht, Tante Fern«, sagte Holly zu ihrer Zimmertür. »Manchmal helfen nur Schreie.«

HOLLY

Ich heiße Holly Holley und so sieht neuerdings meine abendliche Routine aus:

Ich lausche dem Klingelton meines Handys. Stelle fest, dass auf dem Display »Privater Anschluss« steht (bevor ich die Nummer gelöscht habe, stand »Amy« da). Denke über die beiden Möglichkeiten nach – annehmen oder ignorieren. Entscheide mich fürs Ignorieren. Auch dieses Mal wieder.

Experimentiere mit Make-up. Finde, dass ich immer besser werde. Sehe nicht mehr aus wie ein kranker Panda oder eine Leiche in *CSI: Miami*.

Frage mich, ob ich zum Abendessen in die Küche gehen soll. Wäge Pro und Contra gegeneinander ab.

Einerseits stimmt mein Bauch dafür. Laute und unfeine Darmgeräusche legen erstes Stadium von Mangelernährung nahe.

Andererseits gibt es irgendeine Art Gemüseeintopf. Eindeutiger Geruch. Nach Müllhalde unter voller Sonneneinstrahlung. Außerdem müsste ich als Mutter maskierter Teufelin gegenübertreten. Ziehe den Hungertod vor.

Probiere neue Outfits mit Teilen aus bestehender Garderobe aus. Entdecke alle möglichen aufregenden Kombinationen.

Ignoriere Telefon.

Verwünsche Mutter.

Ignoriere Telefon.

Verwünsche Mutter.

CASSIE

Herzen zum Explodieren zu bringen, ist anstrengend. Zumindest für mich.

Alles wackelt. Mein Herz flattert. Wenn ich mich ganz leer mache, ist es besser. Leer, aber verkrampft. Ich bringe die Wände dazu, dass sie sich auflösen. Ich existiere in weißem Raum, im Zentrum eines weißen Raums. Der Cursor schwebt in der Landschaft. Ich zwinge mich in ihn hinein.

Keine Herzen mehr. Ich habe genug von Herzen. Ich werde mich in dem, was ich mir vorgenommen habe, verlieren.

***

Es war ein trübseliger Samstag gewesen. Über einem feinen, lustlosen Regen brach die Nacht herein.

8

HOLLY

Der Sonntag dämmerte herauf. Der Himmel war pudrig blau, die Luft frisch und reingewaschen vom Regen.

Holly frühstückte um neun. Ihre Mutter machte Toast mit Honig, und ihr fiel kein triftiger Grund ein, weshalb sie das ablehnen sollte. Sie war am Verhungern. Sie hätte sich etwas aus dem Angebot im Kino holen können, aber Popcorn und Eiskonfekt galten kaum als ausgewogenes Frühstück. Von der Kalorienzufuhr ganz zu schweigen. Also aß sie rasch ihren Toast und versuchte, dem Blick ihrer Mutter auszuweichen.

Aber immer mal wieder rasch hinschauen musste Holly doch, während Ivy in der Küche herumwerkelte.

Ihre Mum schien optimistisch gestimmt. Ein neuer Tag, ein neuer Anfang, schien ihre Körpersprache zum Ausdruck zu bringen, als sie Teller auf den Tisch stellte. Sie goss sich sogar eine Tasse Tee ein, als ziehe sie damit einen Schlussstrich unter die Vergangenheit.

Von Fern und Cassie keine Spur.

»Schaust du dir nach deiner Schicht noch einen Film an?«, fragte Ivy.

»Ich dachte, ich hätte Hausarrest.«

»Hast du auch. Aber einen Film anzuschauen wäre ja praktisch nur eine Verlängerung deiner Schicht.«

Holly zuckte mit den Schultern. Unter *ihrer* Vergangenheit war kein Schlussstrich.

»Ich dachte mir, es wäre vielleicht ganz schön, wenn du dir zusammen mit Cassie einen Film anschauen könntest. Sie hat dieses Wochenende das Haus noch nicht ein Mal verlassen. Hat die ganze Zeit nur vor diesem Computer gesessen. Das ist ungesund.«

Holly antwortete nicht. Das erklärte, weshalb das Aufheben eines Hausarrests auf wundersame Weise in eine Schichtverlängerung umgewandelt worden war.

»Fern und ich könnten sie zum Kino bringen und dann ein paar Einkäufe erledigen. So könntest du, falls es Probleme gibt, einfach anrufen, und wir wären sofort da. Was hältst du davon?« Ivy spülte eine Tasse ab und trocknete ihre Hände an einem Geschirrhandtuch.

»Warum nicht.« Es fühlte sich an wie eine kreative Form der Bestrafung. Von welcher Seite sie es auch betrachtete, sich unbeschwert einen Film anzusehen, war nicht drin. Offensichtlich konnte sie, Holly, in ihrem Zimmer verrotten. Ihrer Mutter wäre das egal. Sie förderte es ja geradezu. *Verlangte* es. Aber wenn Cass das Haus nicht verließ, gab das Anlass zur Sorge. Okay, Cassie hatte sich nichts zuschulden kommen lassen. Holly schob diesen Gedanken beiseite. Jetzt war nicht die Zeit für Vernunft.

»Danke, Küken. Läuft eine Komödie? Fern hat mir gesagt, Cass liebt Komödien.«

»Ja. Ein Mr Bean.«

»Super. Weißt du ungefähr, wann er beginnt?«

»Halb vier, zwanzig vor sechs und zehn nach acht.«

»Dann kommen wir gegen halb sechs.«

»Gut.«

Hollys Mum nahm ihren Teller. Als sie wieder etwas sagte, hatte sie Holly den Rücken zugewandt und der laufende Wasserhahn verschluckte ihre Worte.

»Was?«, fragte Holly.

Ivy drehte den Hahn zu, drehte sich aber nicht um. »Ich hab gesagt ›Deine Frisur ist nicht schlecht‹.«

Ein dünner Sonnenstrahl streifte den Küchentisch, aber er war bleich und hatte kaum Kraft.

FERN

Es dauerte länger als erwartet, Cassie vom Computer loszueisen. Ein paar Augenblicke lang fürchtete Fern, Cassie könnte wieder einen Wutanfall bekommen. Sie glaubte nicht, dass sie die Energie hatte, dagegen anzukämpfen, aber als letzte Möglichkeit war sie bereit, ein Machtwort zu sprechen. Ihre Tochter hatte praktisch das ganze Wochenende vor diesem verdammten Kasten gesessen und war jetzt bleich und erschöpft. Rauszukommen würde ihr guttun. Und vielleicht hatte Ivy ja recht. Ein Film, vor allem einer mit Mr Bean, den Cassie liebte, wäre eine willkommene Unterbrechung.

Trotzdem wünschte Fern, ihre Schwester hätte es vorher mit ihr abgesprochen. Die Vorstellung, Holly könnte Cassie als Teil einer Strafe ansehen, behagte ihr nicht. Die Situation war schon schwierig genug. Aber jetzt war es zu spät. Ivy hatte ihnen den Vorschlag in ihrem Zimmer unterbreitet. Und es wäre grausam, Cassie nur aus Prinzip nicht gehen zu lassen. Trotzdem …

Zumindest schien Cassie das Herzen-Abschießen vorübergehend aufgegeben zu haben. Fern hatte schon gedacht, sie würde beim Geräusch eines weiteren Herzens, das explodierte, einen Schreikrampf bekommen. Sie verstand nicht, woran Cass jetzt arbeitete. Auf dem Bildschirm waren eine Tastatur und zwei offene Fenster zu sehen. Alles andere war ihr ein Rätsel. Irgendwann konnte sie Cass dazu bringen, dass sie den Computer abschaltete. Sie musste speichern, was sie gemacht hatte, und das dauerte zehn Minuten. Schließlich war sie so weit. Fern schob sie nach draußen in die Sonne und setzte sie dann ins Auto.

HOLLY

Hollys Schicht war um siebzehn Uhr zu Ende. Sobald sie mit der Abrechnung fertig war, verschwand sie auf der Toilette, um sich umzuziehen. Ihr neues Kleid hatte sie nicht mitgebracht. So verzweifelt war sie noch nicht. Aber sie hatte Jeans und ein neues Top sowie ihr neues Make-up in eine Plastiktüte gesteckt. Sicher, sie hatte keine Verabredung mit Raph McDonald, aber warum nicht trotzdem möglichst gut aussehen? Nachdem sie ihr Haar ein paarmal gewaschen hatte, war der Schwung raus und es ähnelte einem oft benutzten Scheuerlappen. Deshalb arbeitete sie etwas Haarwachs hinein, das sie auf den Rat der Frisörin hin gekauft hatte. Wäre Demi hier gewesen, wäre die Verwandlung in ein oder zwei Minuten vonstattengegangen. Aber nach einer Viertelstunde war Holly mit sich zufrieden. Sie sah nicht ganz so gut aus wie am Freitagabend – sie würde nie mehr so gut aussehen wie am Freitagabend –, doch das Ergebnis war nicht schlecht. Sie übte ein Lächeln vor dem Spiegel. Sexy war es nicht. Das konnte sie nicht behaupten. Aber es ging eindeutig in die Richtung.

Amy wartete vor der Toilette auf sie.

Holly versuchte, an ihr vorbeizugehen, doch Amy stellte sich ihr in den Weg. Das Aussehen ihrer Freundin schien sie etwas aus der Fassung zu bringen, aber sie erholte sich rasch wieder.

»Holly, bitte. Ich muss mit dir reden.«

»Ich habe dir nichts zu sagen, Amy. Und an deinen gefühlsduseligen Entschuldigungen bin ich nicht interessiert. Jetzt geh mir aus dem Weg.«

»Ich bin nicht hergekommen, um mich zu entschuldigen.«

Holly spürte eine Welle der Wut in sich aufsteigen. Ein Muskel zuckte in ihrem Augenwinkel.

»Noch ein Grund, weshalb ich nicht mit dir reden will.«

»Hol, bitte. Gib mir nur zwei Minuten.«

Holly schaute auf ihre Uhr. Es war fast halb sechs.

»Ich treffe mich mit einer Freundin, Amy. Du würdest von alldem ohnehin nichts verstehen. Null. Ich muss los.«

Als sie jetzt um Amy herumging, setzte diese ihr

nichts entgegen. Holly machte ein paar Schritte ins Foyer hinein.

»Es geht um Demi Larson. Sie benutzt dich.«

Holly blieb stehen, drehte sich um und ging zurück. Amy rührte sich nicht vom Fleck.

»Ich habe gehört, wie sie sich unterhalten haben, Holly. Du bist lediglich ein Spiel für sie. Ein Projekt. Sie lachen über dich, Hol.« Amys Stimme brach und sie musste ein Schluchzen unterdrücken. »Sie lachen über dich.«

Holly stemmte die Hände in die Hüften. Das Schweigen zog sich hin.

»Soll ich dir was sagen, Amy? Du bist so dramatisch. Du bist ein bemitleidenswerter, dramatischer, einsamer Mensch.«

»Holly …«

»Und eifersüchtig dazu. Darum geht es hier doch. Um Eifersucht. Du erträgst es nicht, dass ich mich verändere, neue Freunde finde.«

»Du irrst dich.«

»Bleib bei deinen Büchern, Amy. Zu etwas anderem taugst du nicht.«

Als Holly dieses Mal ging, hielt Amy sie nicht mehr

auf. Sie beobachtete, wie Holly zu Fern, Ivy und Cassie hinüberging, die gerade ins Foyer gekommen waren.

»Tut mir leid, dass wir zu spät kommen, Küken.« Ivy keuchte ein wenig. »Wir konnten Cassie nur mit Mühe vom Computer loseisen. Ohne Brecheisen hätten wir es nicht geschafft. Stimmt doch, Kleines?«

Cassie kreischte und zappelte in ihrem Rollstuhl herum.

»Bist du sicher, dass es dir nichts ausmacht, Hol?«, fragte Fern.

»Kein Problem.«

»Soll ich sie in den Saal schieben?«

»Geht schon«, erwiderte Holly. »Wir kriegen das hin. Ihr zwei erledigt eure Einkäufe. Der Film ist um Viertel nach sieben zu Ende, wir treffen euch dann wieder hier.«

HOLLY

Ich heiße Holly Holley und ich bin wütend und nervös.

Ich schiebe Cassie zu dem für Behinderte ausgewiesenen Bereich – ungefähr in der dritten Reihe von vorn. Kein Drama. Das Kino ist nur ungefähr halb voll. Ich stelle den Rollstuhl zwischen zwei Reihen ab und setze mich auf den Sitz neben sie. Es ist seltsam, nichts zu trinken und kein Popcorn dabeizuhaben, aber ich stelle es mir zu schwierig vor und auch störend, Cass zu füttern, vor allem im Dunkeln.

Ich freue mich nicht auf den Film. Nicht weil ich was gegen Mr Bean habe. Er kann ziemlich komisch sein. Aber der Film gehört nicht zu denen, die ich mir immer wieder anschauen kann. Ich habe ihn erst vor zwei Wochen gesehen. Außerdem hat die Begegnung mit Amy mir die Laune verdorben.

Cassie brüllt vor Lachen, kaum dass Mr Beans Gesicht auf der Leinwand erscheint. Er hat noch gar nichts getan, sich nur mit diesem ausdruckslosen Gummigesicht umgeschaut. Es ist ein Geräusch, als ginge in meinem Ohr eine Sirene los. Ich springe ungefähr einen Meter in die Luft und blicke dann über meine Schulter. Das wird peinlich. Wenn Cass das schon komisch findet, wage ich gar nicht daran zu denken, wie sie reagiert, wenn die Geschichte richtig losgeht.

Ich brauche nicht lange auf eine Reaktion zu warten. Gleich in der ersten Szene sitzt Mr Bean auf der Rückbank eines Taxis und spielt am elektronischen Fensterheber herum. Das Taxi hält, er steigt aus, und seine Krawatte wird eingeklemmt, als das Fenster sich automatisch schließt. Das Taxi fährt die Straße hinunter, und Mr Bean läuft nebenher, das Gesicht so an die Scheibe gepresst, dass es ganz verzerrt ist. Ich weiß noch, dass ich beim ersten Mal gelacht habe. Jetzt zucke ich zusammen.

Cassie krümmt sich kreischend in ihrem Rollstuhl. Mir fällt kein anderes Wort ein, das dem Geräusch, das sie produziert, gerecht wird. Lachen ist normalerweise ansteckend. Nicht in diesem Fall. Nicht wenn du mit Dutzenden von Leuten in einem Kino sitzt und die Person neben dir mehr Lärm macht als eine Heavy-Metal-Band. Ich höre Zungenschnalzen und Pssst-Gezische.

»Hey, Cassie«, flüstere ich ihr zu, »du musst ein bisschen leiser sein. Die Leute beschweren sich sonst.«

Ich glaube, sie versucht es. Es ist schwer zu sagen. Auf jeden Fall hört sie auf zu lachen, während ich mit ihr rede. Ihr Gesicht ist im Licht der Leinwand gebadet. Ihre Augen sind feucht und verzerrte Filmbilder flackern über sie weg. Ich lächele und drücke aufmunternd ihren Arm.

Mr Beans Versuch, einen neuen Anzug anzuprobieren, bringt das Fass dann zum Überlaufen. Er steckt die Arme in die falschen Löcher und reißt die hintere Naht am Jackett auf. Dann klemmt er sich ein gewisses Körperteil im Reißverschluss ein. Sein Mund bildet ein kreisrundes O vor Schmerz und Überraschung. Cassies Schreie übertönen alle anderen Geräusche. Ich greife nach einer ihrer Hände, doch sie bewegen sich so schnell, dass ich sie nicht erwische. Ich bin alarmiert und die Angst liegt wie ein fester Klumpen in meinem Magen. Dann tippt mir jemand auf die Schulter.

Die Frau ist nicht fies. Im Gegenteil, sie ist ausgesprochen höflich.

»Könntest du bitte dafür sorgen, dass sie den Lärmpegel etwas niedriger hält?«, fragt sie. »Ich kann mich dahinten nicht mal mehr denken hören.«

»Es tut mir leid«, antworte ich. »Sie ist behindert.« Kaum sind die Worte aus meinem Mund, möchte ich sie zurücknehmen, aber es ist zu spät.

»Das mag ja sein«, erwidert die Frau. »Aber ich habe dafür bezahlt, dass ich diesen Film sehen kann. Und hören. Ich kann etwas Rücksichtnahme erwarten.«

Für einen kurzen Moment spüre ich die Wut in mir. Auch Cass kann etwas Rücksichtnahme erwarten. Und bei einem Mr-Bean-Film spielt der Soundtrack ja nun keine besonders wichtige Rolle. Hauptsache deine Augen funktionieren. Dann kannst du dir Stöpsel in die Ohren stecken und ihn trotzdem genießen. Das würde ich gern sagen.

Ich sage es nicht.

»Es tut mir leid«, wiederhole ich. »Ich werde versuchen, sie ruhig zu halten.«

***

»Morgen«, sagte Fern. »Morgen mache ich mich auf die Suche.«

»Aber warum?«

Fern schwenkte den Wein in ihrem Glas, ohne davon zu trinken.

»Das weißt du so gut wie ich, Schwesterherz.«

»Ich weiß es nicht. Ihr könnt doch bei uns wohnen bleiben.«

»Ach, Ivy. Die Sache mit Holly. Dass ihr beide einander an der Gurgel hängt. Man muss kein Genie sein, um zu ergründen, weshalb das so ist. Die ganze ...«, Fern hob hilflos die Arme, »Belästigung. Wir sind ... kein guter Einfluss. Es wird Zeit, dass wir gehen.«

Ivy schüttelte den Kopf.

»Das ist Unsinn, Fern, und das weißt du. Es hat nichts mit dir und Cassie zu tun. Du hast selbst gesagt, sie probiert das Erwachsensein aus. Du kannst nicht ernsthaft erwarten, dass sie ein Engel wird, wenn ihr geht. Komm schon, Fern. Du bist müde, du bist gestresst. Gib mir und Holly eine Chance. Und sei etwas nachsichtiger mit dir selbst.«

Fern legte beide Hände um ihr Glas und senkte den Kopf.

»Wie denn?«, fragte sie. »Soll ich mich zur Abwechslung mal auf den Vordersitz setzen? Das geht nicht, Schwesterherz. Der Vordersitz gehört Cassie. Das wird immer so bleiben. Und niemand außer mir scheint das zu verstehen.«

HOLLY

Holly wusste, dass sie kommen.

Sie hörte sie nicht. Sie sah sie nicht. Aber sie spürte, dass sie da waren. Auch Cassie musste gewusst haben, dass sie kommen, denn ihr Gelächter erstickte und brach ab, nur Augenblicke, bevor sich eine Hand schwer auf Hollys Schulter legte und sie in ihrem Sitz umdrehte.

»Hey.« Das Gesicht war dicht vor ihrem. Holly roch Popcorn und einen beißenden Jungen-Geruch. Ein feiner Spuckeregen ging auf ihre Wangen nieder.

»Sieh zu, dass sie das Maul hält, du blöde Kuh, sonst sorge ich dafür.«

Hollys Mund wurde trocken. Sie wollte zurückweichen, doch eine Hand packte sie an ihrem neuen Top und hielt sie fest. Sie wollte etwas sagen, aber ihre Zunge war schwer und gehorchte ihr nicht. Als sie endlich einen Ton herausbrachte, klang ihre Stimme brüchig, fremd, so als gehörte sie jemand anders.

»Sie ist behindert«, krächzte sie.

Und dann kamen die Tränen, obwohl sie dagegen

ankämpfte. Fiel ihr denn nichts anderes ein? In diesem Moment sah sie sich mit den Augen eines Außenstehenden, eines Beobachters. *Es ist nicht meine Schuld*, schien sie zu betteln. *Ich bin nicht behindert. Ich hab nur eine Behinderte am Hals. Habt Mitleid mit mir.* Hollys Tränen flossen schneller. Sie hasste sich.

»Wenn du sie nicht dazu bringst, dass sie das Maul hält, bist du gleich selbst behindert.«

Er war nicht allein. Sie waren zu dritt oder zu viert. Sie umringten Hollys Sitz und saugten die Luft weg, dass sie nicht mehr atmen konnte. Sie versuchte, ihre Angst hinunterzuschlucken, doch ihr Magen verkrampfte sich. Fast hätte sie sich übergeben. Ein Finger fuchtelte vor ihren Augen herum, dick, blass, verschwommen.

»Hast du mich verstanden?«

Holly nickte.

Die Jungs entfernten sich. Sie hörte sie lachen, als sie wieder zur letzten Reihe zurückgingen. Einer klatschte einen anderen – das Sprachrohr der Clique – mit der flachen Hand ab.

Raph McDonald nahm den High five entgegen wie ein Siegeszeichen.

HOLLY

Ich heiße Holly Holley und bin ein Feigling.

Mit fahrigen Fingern versuche ich die Feststellbremse am Rollstuhl zu lösen. Ich fummele daran herum und blinzele, um etwas sehen zu können. Die Tränen hängen wie Raureif vor meinen Augen. Cassie ist still. Ihr Körper zittert, bebt, der Kopf rollt auf eine Seite. Dann setze ich mich in Bewegung. *Zunächst* zum hinteren Teil des Saals. Planänderung. Durch die Tür bei der Leinwand. »Notausgang« steht da in roten Leuchtbuchstaben. Dann eine Rampe hinauf, vorbei an Menschenschwärmen, die aus einem anderen Kinosaal kommen. In die Toilette. Ich keuche. Meine Muskeln zittern.

Ich betrachte mein Spiegelbild. Hinter mir heben sich Cassies dunkle Locken deutlich von dem blassen Oval ihres Gesichts ab. Doch ich konzentriere mich auf die Fremde, die mir entgegenblickt und alle meine Bewegungen nachahmt. Ich mag diese Person nicht.

Eine halbe Stunde. So lange waren wir da drin.

Ein Drittel des Films. Eine neue Welle des Abscheus schwappt über mich weg. Und ich weiß, dass man unmöglich mehr Selbstverachtung aufbringen kann, als ich im Moment empfinde.

Aber wie es sich herausstellt, täusche ich mich.

Ich täusche mich in so vielem.

IVY

»Da sind sie.«

Ivy winkte lächelnd. Es war nicht schwer, den Rollstuhl ausfindig zu machen. Cassie und Holly waren am anderen Ende des Foyers. Holly saß auf einer Bank. Ivy und Fern bahnten sich einen Weg durch die Menschenmassen, die aus den verschiedenen Kinosälen kamen. Cassie lächelte, ihre Arme bewegten sich rastlos. Holly wirkte nicht glücklich. Sie hatte das Gesicht abgewandt und beobachtete ein paar Leute, die auf den Ausgang zusteuerten. Doch selbst aus der Entfernung sah Ivy, dass sie aufgebracht war. Sie folgte dem Blick ihrer Tochter.

Raph McDonald unterhielt sich mit ein paar Kumpels und lachte. Ivy verspürte Mitleid mit Holly. Seit Fern sie an ihn erinnert hatte, hatte sie immer wieder an Ross gedacht – den nichtsnutzigen, lügenden und betrügenden Ross. Aber er hatte *so* gut ausgesehen. Das Gesicht eines Engels und ein Herz aus Stein. Ja, es stimmte: *Kein Wissen gibt's, der Seele Bildung im Gesicht zu lesen.* Wer hatte das noch mal gesagt? Die Worte schwebten durch die Jahre, Teil einer Schulstunde vor so langer Zeit. Shakespeare? Jedenfalls stimmte es. Es war unendlich schwer, hinter die Schönheit zu schauen. Einigen Leuten gelang es nie.

Ivy setzte sich neben ihre Tochter auf die Bank.

»Hallo, Küken.«

Holly wandte sich ihrer Mutter zu, und Ivy war überrascht, wie grenzenlos unglücklich sie aussah. So schlimm war es vor dem Film nicht gewesen.

»Wie war der Film?«

HOLLY

Davor hatte Holly sich gefürchtet. Während der Stunde, in der sie mit Cassie hier saß, hatte sie jede

Menge Zeit zum Nachdenken gehabt. Anfangs dachte sie, sie könnte einfach bluffen. So tun, als hätten sie den ganzen Film gesehen. Holly hatte ihn ja tatsächlich schon gesehen und hätte auch Fragen nach Einzelheiten beantworten können. Und Cassie konnte sie nicht verraten. Es war verlockend. Das Gewesene mit einer Lüge zu übertünchen. Ein paar Pinselstriche und weg war es. Und nichts wünschte Holly sich mehr. Sie musste ihre Demütigung auslöschen. Und die Erinnerung an ihre Feigheit.

Aber sie wusste, dass das nicht ging. Vielleicht wenn sie allein gewesen wäre. Aber Cassie wusste, was passiert war. Cassie verstand alles. Und wie könnte Holly ihr nach einer Lüge noch in die Augen schauen? Wie sollte sie die Verachtung und den Hass darin ertragen? Sie empfand genügend Verachtung und Hass für sich, auch ohne diese Gefühle in Cassies Augen gespiegelt zu sehen. Holly räusperte sich. Ihre Kehle fühlte sich eng und trocken an. Doch bevor sie etwas sagen konnte, spürte sie Ferns Hand auf ihrem Arm.

»Vielen Dank, Hol, dass du dich um Cass gekümmert hast. Sie hat sich köstlich amüsiert. Es sei irre komisch gewesen, sagt sie, von Anfang bis zum Schluss. Sie hat jeden Augenblick genossen.«

Holly blinzelte und öffnete den Mund, aber es kam kein Ton heraus.

»Und sie möchte dir für das Eiskonfekt danken, das du ihr danach spendiert hast«, fuhr Fern fort.

»Das hat Cassie dir alles gesagt?«

Fern lachte.

»Schau mich nicht so erstaunt an, Kleine. Cass kann zwar mit Wörtern nicht so gut umgehen, aber sie und ich brauchen keine.« Sie tippte sich an die Schläfe. »Es ist eine Art Kreuzung zwischen Telepathie und Körpersprache.«

»Und Cassie hat gesagt, sie hat den *ganzen* Film genossen?«

»Jeden Augenblick.«

Holly wandte sich an Cassie. Die dunklen braunen Augen glitzerten, und sie sah das Mädchen, das darin begraben lag. Und diese Augen sprachen von einem bestens gehüteten Geheimnis, von einer neu geschaffenen Verbindung. Holly las auch eine nachdrückliche Bitte darin. *Sag nichts. Bitte.* Und Holly wusste, dass sie nichts sagen würde. Nichts sagen konnte.

Holly hätte erleichtert sein sollen, aber sie fühlte sich miserabel. *Wenigstens*, dachte sie, als sie Ferns Dank mit einem Lächeln und einem Nicken entgegennahm, *kann ich nie mehr eine schlechtere Meinung von mir haben als gerade jetzt.*

Aber sie täuschte sich erneut.

HOLLY

An diesem Abend kochte Fern, was die Laune aller hob. Sie machte Pizza. Die für ihre Schwester wurde mit frischem Gemüse und Mozzarellastückchen belegt. Auf die andere kamen dazu noch Bauchspeck und ganz dünn geschnittene Pfeffersalami. Fern bereitete sogar den Teig selbst zu.

Holly half bei den Vorbereitungen. Auch ohne auf Amys mathematischen Verstand zurückgreifen zu können, hatte sie ausgerechnet, dass es mindestens noch vier Jahre dauern würde, bis sie zu Hause ausziehen konnte – nachdem sie entweder einen richtigen Job oder einen Platz an der Uni gefunden hatte. Dreihundertfünfundsechzig Tage pro Jahr. Vier mal dreihundertfünfundsechzig, die Schaltjahre nicht berücksichtigt, ergab … unzählige Abendessen. Holly war nicht sicher, ob sie über tausend von ihrer Mutter gekochten Abendessen gewachsen war. Sie war nicht sicher, ob sie sie überleben würde.

Also zerteilte, schnippelte und würfelte sie, knetete den Teig, heizte den Ofen vor und merkte sich alles.

Cassie war fast sofort, nachdem sie zu Hause angekommen waren, in ihrem Zimmer verschwunden. Fern entschuldigte sich für sie.

»Normalerweise ist sie nicht so ungesellig. Und normalerweise würde ich es auch nicht dulden. Aber ich glaube, ich muss ein bisschen Nachsicht mit ihr haben. Sie hat ihr Zuhause verlassen müssen und ihren Dad und alles …«

»Du brauchst dich nicht zu entschuldigen«, versicherte ihr Ivy.

»Ich komme einfach nicht dahinter, was sie an diesem Computer macht. Ich gebe zu, ich *bin* etwas beunruhigt. Wenn ich sie morgen zur Schule bringe, will ich mit diesem Greg Adams reden. Das kann nicht gesund sein.«

»Wenigstens für den Kinobesuch hat sie die Sache doch unterbrochen. Und sie scheint sich köstlich amüsiert zu haben.«

Anstatt die grüne Paprika zu schneiden, schnitt Holly sich in den Finger. Es war kein tiefer Schnitt, doch Ivy war dankbar für die Gelegenheit, ihre Tochter verhätscheln zu können. Sie drehte den Wasserhahn auf und wies Holly an, den Finger unter den kalten Strahl zu halten. Sie küsste sie aufs Haar.

»Aber sie wird mit uns essen«, sagte Fern. »Das ist ein Muss.«

Und das tat sie. Cassie aß zwei Stück Pizza. Dann schrie und wimmerte sie, bis ihre Mutter sie wieder in ihr Zimmer brachte. Fern kam zurück und hielt sich den Kopf.

»Sie bringt mich noch um den Verstand.«

HOLLY

Ich heiße Holly Holley, und ich träume, dass ich von Gesichtern umgeben bin.

Jungs. Mit pickeliger Haut und Mundgeruch. Ein Gesicht taucht dicht vor meinem auf, schwebt wieder davon und wird durch ein anderes ersetzt. Ich sehe, wie die Münder sich verziehen. Hässliche Worte werden ausgestoßen. Ich habe einen Druck auf der Brust und das Blut dröhnt in meinen Ohren. Sie schubsen mich, aufdringliche Hände auf meinen Armen und Schultern. Ich will weglaufen, kann mich aber nicht rühren.

»Holly? Holly, Liebes?«

Ich setze mich kerzengerade in meinem Bett auf, als hätte ich einen Stromschlag erhalten. Ein dünner Schweißfilm überzieht mein Gesicht. Tante Fern sitzt auf meiner Bettkante, eine Hand auf meiner Schulter. Im Zimmer ist es dunkel, nur das fahle Licht einer Straßenlaterne ein paar Häuser weiter dringt durch meine Vorhänge. Die grünen Ziffern auf meinem Wecker sagen 23:30 Uhr. Ich blinzele und schlucke. Meine Kehle ist trocken.

»Holly, es tut mir so leid, dass ich dich geweckt habe«, entschuldigt sich Tante Fern.

»Was ist los?«, krächze ich.

»Cassie. Sie will dich sehen.«

Ich reibe mir die Augen. Mein Gehirn will nicht in Gang kommen.

»Was? Jetzt?«

Fern seufzt.

»Ja. Ich hab ihr gesagt, wie spät es ist. Ich hab ihr gesagt, dass du schon schläfst. Ich hab ihr gesagt, dass ich dich nicht wecken würde und dass, was immer es ist, warten kann bis morgen. Aber ich hätte genauso gut gegen eine Wand reden können. Sie sagt, sie muss dich sehen, und zwar jetzt.«

Noch während sie redet, schwinge ich die Beine aus dem Bett.

»Sie hat mindestens zwanzig Stunden an diesem Computer gesessen. Es ist verrückt. Es ist zwanghaft. Es tut mir so leid, Holly.«

»Mach dir nichts draus, Tante Fern.« Ich ziehe meinen Morgenmantel an. »Ich bin neugierig.« Mein Gehirn ist endlich betriebsbereit.

»Ich auch. Und deine Mutter. Aber ein guter Grund, um dich zu wecken, ist das noch lange nicht. Und ich hätte es auch nicht getan, aber … na ja, sie kann ein richtiges kleines Biest sein, unsere Cass. Sie war kurz davor zu schreien, und das ist nie angenehm, besonders so kurz vor Mitternacht. Ich hasse mich selbst, wenn ich ihr so nachgebe, aber …«

»Es ist okay, wirklich.«

Sie folgt mir, als ich das kurze Stück den Flur hinuntergehe zu meinem alten Zimmer. Ein Lichtstreifen, der aus dem offenen Türspalt fällt, weist den Weg. Mum hockt drinnen bereits auf dem Bett. Cassie sitzt in ihrem Rollstuhl vor dem leuchtenden Monitor. Sie dreht den Kopf, als wir hereinkommen, lächelt und lässt ein leises Summen hören.

»So, unser aller Gebieterin«, meint Tante Fern. »Hier sind wir, vollzählig, wie befohlen. Aber ich warne dich, Fräulein. Wehe, es ist nicht wichtig.«

Cassie lächelt noch breiter und wendet sich wieder dem Monitor zu. Ich stelle mich so dicht neben sie, dass ich fast ihre linke Schulter berühre. Tante Fern ist direkt hinter mir. Mum muss sich aufs Bett knien, um über Cassies andere Schulter schauen zu können. Auf dem Bildschirm sind jede Menge Zeichen und Symbole, aber ich erkenne kein einziges davon. Keine Ahnung, welches Programm das ist, ich hab's jedenfalls noch nie gesehen.

Im Zimmer ist alles still. Es ist, als sammele Cassie

sich. Ich kann es fast spüren. Ihre Konzentration liegt wie ein schweres Gewicht in der Luft. Es drückt ihre Schultern nach unten. Langsam, ganz langsam hört Cassies Kopf auf, sich zu bewegen. Ich glaube, es ist das erste Mal, dass ich ihren Kopf vollkommen ruhig sehe. In der rechten unteren Ecke des Bildschirms erscheint ein Cursor und schiebt sich langsam zu einer Reihe von Symbolen am oberen Rand. Er bleibt einen Augenblick auf einem liegen, entfernt sich und kehrt wieder zurück. Das Symbol färbt sich grau.

Als mir schwindelig wird, merke ich, dass ich den Atem anhalte. Langsam lasse ich die Luft aus meiner Lunge. Ich will die Ruhe nicht stören. Die Spannung steigt, als der Cursor sich wieder bewegt, kurz zur Seite rutscht und dann erneut stehen bleibt. Kein einziger Muskel in Cassies Körper bewegt sich. Sie ist reglos wie ein Stein. Der Cursor kriecht wieder über den Bildschirm. Streift ein Symbol und bleibt auf einem anderen stehen. Nach weniger als einer Sekunde öffnet sich ein neues Fenster. Es füllt den gesamten Bildschirm aus. Ein leises Zischen ertönt. Dann läuft eine Zeile über den Monitor. Aus den Lautsprechern kommt eine Stimme. Eine kräftige Stimme, jung und weiblich. Sie umgibt uns, die Worte kristallklar. Sie schweben durchs Zimmer.

Ich liebe dein Kleid, deine Frisur. Ich liebe deine Flügel. Flieg, Holly. Flieg, so hoch du kannst.

Die Worte sind auf einer Endlosschleife. Sie beginnen von Neuem, wieder und wieder. Cassie dreht den Kopf und schaut mich an. Sie lächelt durch ihre Erschöpfung hindurch. Eine kleine Weile stört nichts die Worte, die ihre Runden durch die Dunkelheit drehen. Dann beginnt Tante Fern zu weinen. Ihr gedämpftes Schluchzen mischt sich unter den Rhythmus der Stimme.

Ich begegne Cassies Blick. Ein Kloß sitzt mir im Hals und ich sehe alles nur verschwommen. Ich versuche zu begreifen, welche Arbeit dahintersteckt. Aber es lässt sich nicht begreifen. Ich verstehe nicht viel. Von gar nichts. Doch zwei Dinge weiß ich.

Es ist das Schönste, das ich je gehört habe.

Und ich verdiene es nicht.

9

HOLLY

Als Holly die Mädchentoilette betrat, war es wie ein Déjà-vu-Erlebnis. Demi stand, flankiert von Kari und Georgia, vor dem Spiegel. Sie trug gerade ein klein wenig Mascara auf. In der Schule wurde Make-up nicht gern gesehen, aber Demi machte wie immer eine Ausnahme. Solange sie es nicht übertrieb, würde niemand etwas dagegen sagen.

Holly versuchte, am Spiegelrand eine nicht allzu stark angelaufene Stelle zu finden. Sie musste sich mit ihrer Frisur befassen.

»Hey, Holly.« Demi schürzte die Lippen und betrachtete kritisch ihr Spiegelbild. »Schönes Wochenende gehabt?«

»Geht so.«

»Alle neuen Kleider anprobiert?«

»Ein paar.«

Demi trat vom Spiegel zurück. »Du, das hat so viel Spaß gemacht. Du siehst richtig gut aus, wenn du dich ein bisschen zurechtmachst, Mädchen. Auch wenn Eigenlob stinkt: Ich glaube, uns ist eine beachtliche Verwandlung gelungen. Von der grauen Maus zum Partygirl. Und … in dir steckt noch jede Menge Potenzial. Da lässt sich noch einiges machen.«

Holly sagte nichts. Sie verrieb einen Klecks Wachs zwischen ihren Handflächen und blinzelte in den Spiegel.

»Wir haben uns überlegt, dass wir morgen nach der Schule noch mal ins Westland gehen«, meinte Kari. »Willst du mitkommen?«

Holly bearbeitete ihr Haar mit Wachsfingern. Sehen konnte sie nicht viel. Der einzige klare Spiegelbereich war jetzt zwar frei, doch sie wollte sich nicht davorstellen. Deshalb begnügte sie sich mit ihrem fleckigen Spiegelbild.

»Kann ich euch was fragen?«

»Klar«, antwortete Demi.

»Seid ihr nicht alle reich? Eure Eltern, meine ich.«

Demi überlegte einen Augenblick.

»Hm. Ich nehme an, es ist alles relativ. Karis Eltern haben es ziemlich dicke, das kann man schon so sagen. Jedes Jahr fliegen sie nach Europa. Georgia und ich spielen nicht in dieser Liga, aber wir können uns definitiv nicht beklagen.«

»Es ist also nicht so, dass ihr euch keine neuen Sachen leisten könnt?«

Kari und Georgia lachten.

»Verstehe«, sagte Demi. »Du fragst dich, warum wir … auf diese spezielle Art einkaufen? Wenn wir genauso gut eine Kreditkarte zücken könnten? Das verstehst du nicht, stimmt's?«

Holly schwieg.

»Erklär's ihr, Kari.«

Kari verschränkte die Arme.

»Es ist wie eine dieser Extremsportarten«, begann sie. »Fallschirmspringen oder Drachenfliegen. Solche Sachen. Die meisten Leute sind zufrieden, wenn sie auf dem Boden bleiben können. Ungefährliche Dinge machen, Risiken vermeiden. Wir sind nicht wie die meisten Leute. Wir wollen den Adrenalinschub, die Gefahr.«

»Obwohl man kaum noch von einem Adrenalinschub sprechen kann«, warf Georgia ein.

»Nein«, gab Kari zu. »Inzwischen nicht mehr. Wir sind zu gut geworden. Aber anfangs hat es Spaß gemacht. Herauszufinden, wie man die Überwachungssysteme überlisten kann. Doch Georgia hat recht. Jetzt ist es zu einfach. Vielleicht brauchen wir eine neue Herausforderung.«

»Wir müssen aus unserer Kuschelecke heraus«, meinte Demi.

»Genau.«

»Du siehst also, worum es uns geht, Holly«, fuhr Demi fort. »Einzig und allein um das Risiko. Karis Vergleich war gut. Drachenfliegen. Gefällt mir. Es besteht immer die Gefahr, dass man irgendwo dagegendonnert oder abstürzt. Aber wenn man Vertrauen in seine Ausrüstung hat und damit umzugehen weiß, kann man fliegen. Was meinst du, Holly? Willst du mit uns fliegen? Dir deine Sporen, oder um im Bild zu bleiben, deine Flügel verdienen?«

Es läutete zur ersten Stunde.

»Ich habe Englisch«, sagte Holly. »Wir sehen uns später.«

FERN

»Ich glaub's nicht«, sagte Greg Adams. »Ich kann's einfach nicht glauben.«

Er beugte sich weiter zu dem Laptop hinunter, öffnete einige Dateien und schüttelte den Kopf. Cassie war mit ihrem Förderlehrer zum Englischunterricht gegangen. Er und Fern waren allein im Computerraum.

»Wie lange, sagen Sie, hat sie dafür gebraucht?«

»Ganz sicher weiß ich es nicht. Einen Großteil des Samstags hat sie mit dem Herz-Programm zugebracht. Als Übung hierfür, denke ich. Aber … ich weiß nicht. Zwanzig Stunden mindestens.«

»Unglaublich.« Greg klickte auf die Maustaste und die Worte kamen aus dem Lautsprecher. Wann immer Fern sie hörte, war sie den Tränen nah. Sie ließen die Sätze fünf Mal durchlaufen, dann schloss Greg das Fenster. Er fuhr sich mit beiden Händen durchs Haar.

»Es ist so seltsam«, bekannte Fern. »Ich höre es und habe das Gefühl, es ist wirklich ihre Stimme. Cassies.

Eine Stimme, die ich nie gehört habe. Eine Stimme, von der ich glaubte, dass ich sie nie hören würde.«

»Ja, Realtalk ist ein geniales Programm, so viel steht fest.«

Fern widerstand der Versuchung, ihm zu sagen, dass sie das nicht gemeint hatte.

»Aber ich hätte nie gedacht«, fuhr er fort, »dass sie das alles in so kurzer Zeit schaffen könnte. Um ehrlich zu sein, wusste ich nicht, ob sie es überhaupt schaffen würde. Vielleicht in ein paar Monaten, nach jeder Menge Arbeit. Es muss Cassie unheimlich wichtig gewesen sein, das zu vermitteln. Was bedeutet es übrigens? Das mit den Flügeln und dem Fliegen?«

»Es ist etwas Persönliches«, antwortete Fern.

Greg nickte.

»Aber ich habe Angst, dass sie es übertreibt«, fuhr Fern fort. »Das hat sie ungeheuer viel Zeit und Energie gekostet. Sie war so müde, dass ich sie heute eigentlich zu Hause lassen wollte. Für sie kam das natürlich nicht infrage. Sie verstehen wahrscheinlich so langsam, wie stur sie sein kann, wenn sie sich etwas in den Kopf gesetzt hat.«

»Unbedingt. Das ist ein phänomenaler Fortschritt,

aber Sie haben vollkommen recht. Wir wollen nicht, dass es sie zu sehr erschöpft. Wie wäre es zum Beispiel, wenn ich den Laptop heute hierbehalte? Sie kann ihn an einigen Abenden mit nach Hause nehmen, aber nicht am Wochenende. Ich werde ihr erklären, weshalb. In der Zwischenzeit konzentrieren wir uns auf ihre Fortschritte während der Unterrichtszeit. Sie versteht sicher, dass das vernünftig ist.«

Fern war nicht überzeugt.

»Viel Glück«, wünschte sie Greg.

***

In der Pause saß Amy allein auf der Bank neben dem Basketballfeld. Ihr Physikbuch lag offen auf ihrem Schoß, aber sie schaute kaum hinein. Sie hatte den Kopf zwar über die aufgeschlagenen Seiten gebeugt, doch aus den Augenwinkeln suchte sie den Schulhof ab. Ausnahmsweise war sie in Gedanken mal nicht bei einem naturwissenschaftlichen Thema.

Als Holly auftauchte, schlug Amys Herz etwas schneller, doch sie schaute nicht auf. Aber sie verfolgte sie, behielt sie im Blick, als sie an den Schülergruppen vorbeiging, die kickten oder einfach nur herumstanden und sich unterhielten. Bis Holly sich neben sie auf die Bank setzte, war Amy überzeugt, dass ihr Herzschlag im Umkreis von zwanzig Metern für jedermann zu hören sei. Sie sagte zunächst nichts und hob auch nicht den Kopf. In ungemütlichem Schweigen saßen sie da.

»Deine Frisur gefällt mir«, begann Amy schließlich.

»Danke.«

Amy klappte ihr Buch zu, schaute Holly aber immer noch nicht direkt an.

»Ich musste ihr sagen, dass du Mathe geschwänzt hast. Ich hatte keine Wahl. Deine Mum stand bei mir vor der Tür und war völlig außer sich. Ich musste es tun. Obwohl ich es nicht wollte. Ich schwör's.« Sie fuchtelte mit den Händen herum, als versuchte sie, die richtigen Worte aus der Luft zu pflücken. Dann ließ sie die Arme sinken. »Ich musste«, flüsterte sie.

»Entschuldige mich einen Moment.« Holly stand auf, blieb jedoch neben der Bank stehen. Amy schaute hoch. Raph McDonald und ein paar seiner Kumpels kamen in ihre Richtung. Sie warfen sich einen Basketball zu. Seufzend schlug Amy ihr Buch wieder auf. Einige Dinge änderten sich nie. Die Jungs waren fast schon an ihnen vorbei, als Holly sich Raph in den Weg stellte.

»Kann ich dich kurz sprechen?«, fragte sie.

Raph lächelte. »Hallo, Hayley. Klar, kein Problem.« Er warf einem seiner Freunde den Ball zu.

»Übt schon mal ein bisschen. Ihr habt es bitter nötig, ihr Saftsäcke.«

»Holly«, sagte Holly.

»Was?«

»Ich heiße Holly. Nicht Hayley.«

»Holly, Hayley. Ist doch egal. Was ist dein Problem?«

»Du. Du bist mein Problem.«

Weder er noch sie hatte die Stimme erhoben, doch es schien, als rückten sämtliche Schüler auf dem Schulhof näher. Sie hatten einen untrüglichen Instinkt für Konflikte und dramatische Momente. Irgendetwas war im Busch.

Raph McDonald grinste spöttisch. Nur eine leichte Veränderung in der Mimik, doch sein ganzes Gesicht sah plötzlich anders aus. Holly konnte nicht glauben, dass sie ihn je für sexy gehalten hatte. Er runzelte gleichzeitig leicht die Stirn, während er nach der passenden Antwort suchte.

»Ach ja?«, fragte er schließlich.

»Ja«, erwiderte Holly. »Wir sind uns gestern begegnet. Erinnerst du dich?«

Raphs Gesicht veränderte sich erneut, als er sein Gedächtnis durchforstete.

Holly gab ihm Hilfestellung. »Im Kino.«

»Hey, dann warst du also das Mädchen mit der behinderten Tussi? Tut mir echt leid, Hayley, aber es war dunkel, richtig? Man hat die Hand nicht vor Augen gesehen. Ich hab dich wirklich nicht erkannt. Und sie hat sich ja echt unmöglich aufgeführt. Wir wollten nur den Film sehen. Deshalb … ja, kann schon sein, dass ich ein paar Dinge gesagt habe, die ich nicht hätte sagen sollen. Es tut mir leid, ja? Ich entschuldige mich.«

»Nur noch ein oder zwei Dinge, Rolf«, sagte Holly. »Ich bin keine dumme Kuh. Und ich war nicht mit einer behinderten Tussi im Kino. Ich war mit meiner Cousine Cassie dort, die Zerebralparese hat.«

Raph spreizte die Finger.

»Das hab ich doch gesagt.«

»Hast du nicht. Alles andere als das. Denk mal drüber nach, Rolf. Oder noch besser, such dir jemanden, der für dich darüber nachdenkt. Er soll es dir dann in einfachen Worten erklären.«

»Ich heiße Raph.«

»Raph, Rolf, ist doch egal.«

Der Kreis der Schüler hatte sich inzwischen geschlossen. Ringsum war alles still. Raph blickte sich um. Seine Kumpels hatten aufgehört, sich den Basketball zuzuwerfen. Sie standen am Rand der Menge und lauschten.

»Hör zu, ich hab mich entschuldigt. Entspann dich. Komm wieder runter. Es war schließlich keine große Sache.«

»Jetzt hörst du mir mal zu, Ralph«, sagte Holly, und die Menge rückte näher, um ja keines ihrer Worte zu verpassen. Sie war vollkommen ruhig und redete im selben unaufgeregten Tonfall weiter. »Es gibt Organismen, die unter Steinen leben und auf der Evolutionsleiter weit über dir stehen. Jemand hat mal behauptet, du hättest die Hirnmasse eines Backsteins, aber ich finde, das ist eine Beleidigung des Maurerhandwerks. Du bist nicht bloß dumm, sondern hast auch noch das Einfühlungsvermögen einer Virusinfektion. Nur macht das Zusammensein mit dir entschieden weniger Spaß. Du bist echt erbärmlich.«

Sie hätte noch eine Menge mehr zu sagen gehabt, doch Mr Tillyard, der Hofaufsicht hatte, kam auf die Menge zugelaufen. Auf der Suche nach dem Auge des Sturms bahnte er sich einen Weg durch die dichten Reihen der Schüler.

»Auseinander!«, brüllte er. »Los, auseinander!«

Doch als er sich zu dem freien Platz in der Mitte durchgeboxt hatte, war da nichts auseinanderzubringen. Holly Holley und Raph McDonald wandten sich ihm zu. Holly war ruhig und Raph war aufgebracht, aber er sah keine erhobenen Fäuste.

»Was ist hier los?«, fragte er.

Keine Antwort.

Die Menge zerstreute sich.

Raph verzog vor lauter Konzentration das Gesicht, als auch Holly sich entfernte. Er schaute hinüber zu seinen Kumpels und machte unbestimmte Bewegungen mit den Händen in der Luft.

»Ach ja?«, sagte er zu Hollys Rücken.

Etwas abseits flüsterte Demi Kari und Georgia zu: »Ich hab's euch gesagt, sie ist interessant.«

***

»Ich bin doch eine dumme Kuh, Amy«, sagte Holly. »Es tut mir so leid.«

»Nein, das bist du nicht«, widersprach Amy. »Und mir tut es nicht leid. Es war fantastisch. Vor allem der Teil mit den Organismen unter Steinen und der Evolutionsleiter. Merkst du was? Du hast in Naturwissenschaften doch aufgepasst!«

»Ich habe gemeint, dass ich mich dir gegenüber wie eine dumme Kuh benommen habe.«

Amy kaute auf ihrer Lippe und blickte auf den Boden.

»Na ja, dumm würde ich dein Verhalten jetzt nicht nennen …«

»Amy? Ist zwischen uns alles in Ordnung? Kannst du immer noch mit einer launischen Zicke befreundet sein? Mit einer, die ihre beste Freundin fallen lässt, die blöd und unreif, egoistisch und unsensibel ist? Denn genau das war ich. Genau das bin ich.«

Amy schaute Holly an. Dann verzog sie das Gesicht, als konzentrierte sie sich so sehr, dass es ihr

Kopfschmerzen bereitete. Sie machte unbestimmte Bewegungen mit den Händen in der Luft.

»Ach ja?«, sagte sie schließlich mit Roboterstimme.

Holly konnte nicht anders. Sie lachte lauthals los.

Amy musste ebenfalls lachen. Und nahm Holly in den Arm.

***

Cassies Rollstuhl stand dicht am Küchentisch. Rechts und links davon saßen Fern und Holly. Niemand sprach. Es lag Spannung in der Luft. Holly starrte auf eine interessante Kerbe in der Tischplatte. Cassies Kopf beschrieb langsame Kreise. Aus ihrer Kehle kam ein leises, ersticktes Geräusch.

»Essen ist fertig.« Ivy hatte eine große Auflaufform aus dem Ofen geholt und stellte sie mit einem Rums in die Mitte des Tischs. Sie behielt die Topfhandschuhe an, hob den Deckel ab und legte ihn in die Spüle, wo er zischte. »Haut rein.«

Holly spähte als Erste in die Kasserolle. Sie tat es sehr vorsichtig, als könnte, was immer darin lauerte, sich aufrichten und ihr ins Gesicht springen. Wie dieses Wesen aus dem Film *Alien*. Tatsache war, dass es anders roch als sonst. Nicht wie etwas, das monatelang in feuchter Erde gelegen hatte, sondern … Das Wort »gut« drängte sich einem auf. Sogar sehr gut.

Holly sah Kartoffeln. Sie sah Zwiebeln. Sie sah Brokkoli und grüne Bohnen. Sie sah eine dicke Soße. Und sie sah – und das war die größte Überraschung – Hähnchen. Grob zerteilte Hähnchenbruststücke zwischen dem Gemüse. Holly blickte ihre Mutter verdutzt an.

»Was ist?«, fragte Ivy.

Holly schaute wieder auf den Auflauf.

»Nur ein Hähnchenauflauf«, erklärte Ivy. »Für mich habe ich eine Veggie-Version gemacht. Das hier ist für euch drei.«

Holly fand ihre Sprache wieder.

»Wo sind die Linsen?«

»Soll ich dir was sagen?«, antwortete ihre Mutter nachdenklich. »Mir hängen Linsen langsam ein ganz klitzekleines bisschen zum Hals raus.«

Es hätte Holly nicht überrascht, wären die Worte von einem Trommelwirbel und dem »Halleluja« eines Engelschors begleitet worden. Sie schnappte sich den Schöpflöffel und war dabei nur einen Tick schneller als Fern. Die Atmosphäre am Tisch schlug um hundertachtzig Grad um. Fern summte leise vor sich hin, Holly pfiff und Cass stieß ein Freudengekreisch aus.

»Man könnte meinen, ich hätte euch bisher nicht anständig ernährt«, kommentierte Ivy.

Holly wusch das Geschirr und Fern trocknete ab. Cass saß im Wohnzimmer vor dem Fernseher und schaute *Bridezilla*. Ihr kreischendes Lachen mischte sich unter das Klappern von Geschirr. Nachdem Holly den Tisch abgewischt hatte, setzte sie sich ihrer Mutter gegenüber.

»Mum?«

»Ja, Küken?«

»Kann ich dich um einen riesengroßen Gefallen bitten?«

»Bitten kannst du.«

»Kann ich morgen nach der Schule ins Westland-Center gehen? Nur für eine Stunde?«

Ivy stellte ihre Kaffeetasse ab.

»Hey, Holly, du willst den Bogen doch nicht überspannen. Nur weil du das Geschirr abgewaschen hast, bedeutet das noch lange nicht, dass ich vergeben und vergessen habe. Es ist Montagabend. Nur ein paar läppische Tage, seit du mir den Schreck meines Lebens versetzt hast. Du hast immer noch Hausarrest.«

»Ja, ich weiß. Ich brauche auch nur eine Stunde. Mehr nicht. Es ist wichtig, Mum. Bitte. Ich schwör's. Du kannst den Hausarrest um eine Stunde verlängern. Ich bin sogar bereit, noch einen weiteren Tag auf mich zu nehmen, wenn du mir nur diese eine Stunde gibst.«

Ivy blickte Holly an. Obwohl sie sich nichts anmerken lassen wollte, sah Holly den Argwohn in ihren Augen.

»Was führst du im Schilde, Küken? Weshalb willst du ins Westland?«

»Bitte.«

»Sag mir, warum.«

»Ich kann es dir nicht sagen, Mum. Es geht nicht. Du musst mir vertrauen. Ich habe einen guten Grund und es ist sehr wichtig. Wenn es Tante Fern und Cass nichts ausmacht, können sie mich nach genau einer Stunde abholen. Würdest du das machen, Tante Fern?«

Fern trocknete sich die Hände am Geschirrtuch ab.

»Sicher. Aber nur, wenn deine Mutter zustimmt.«

»Bitte, Mum?« Holly suchte den Blick ihrer Mutter und hielt ihn fest.

»In Ordnung«, sagte Ivy schließlich. »Für einen weiteren Tag Hausarrest. Aber dass das klar ist, Holly Holley. Ich vertraue dir. Wenn du mein Vertrauen missbrauchst, wäre Hausarrest deine geringste Sorge. Ich hätte keine Strafe dafür. Aber es würde mir das Herz brechen. Hast du mich verstanden?«

»Ja. Ich habe verstanden, Mum. Und ich werde dich nicht enttäuschen. Ich schwör's.«

FERN

Holly schaute sich mit Cassie den Rest von *Bridezilla* an. Fern hörte die beiden lachen. Sie lächelte Ivy über ihre Teetasse hinweg an.

»Ich bekam heute einen Anruf.«

»Ach ja?«

»Von James aus Darwin.«

»Wie geht es ihm?«

»Er kommt in den Süden. In ein paar Monaten. Und will hierbleiben. Er organisiert gerade eine einjährige Auszeit von seinem Job und trifft alle Vorbereitungen, um unser Haus zu vermieten.«

»Oh.«

»Keine Bange, Schwesterherz. Er kommt nicht hierher, nicht in dieses Haus.«

»Wow«, meinte Ivy, »da hast du ja wieder eine ganze Menge zu verdauen.«

Fern schob ihre Tasse zurück und verschränkte die Finger beider Hände ineinander.

»Wir hatten ein gutes, langes Gespräch. Er vermisst Cassie unendlich. Und er sagt, er versteht, warum ich gegangen bin. Aber wenn er schon unglücklich ist, kann er genauso gut hier im Süden unglücklich sein. Dann kann er wenigstens Cassie sehen.«

»Wie geht es dir dabei?«

Fern seufzte.

»Ich hab's Cass noch nicht gesagt. Ich dachte, ich spare es mir als nettes Betthupferl auf. Was mich betrifft … Also, ich weiß nicht. Er schwört, dass es ihm nicht um den Vordersitz geht.« Sie lachte. »Er sagt, er will nicht mal den Rücksitz. Der Kofferraum genügt ihm.«

»Glaubst du, dass in deinem Leben immer noch Platz für ihn ist?«

»Wer weiß?« Fern rieb sich die Stirn. »Ich werde ihn erst mal in den Kofferraum stecken und mir über alles andere später Gedanken machen. Mehr kann ich im Moment wahrscheinlich nicht tun.«

10

HOLLY

Eine Stunde war nicht lang, um alles zu erledigen.

Und Holly hatte bereits zwanzig Minuten auf einer Bank vor dem Klamottenladen gesessen und alles beobachtet. Die Lage gepeilt. Sie hatte herauszufinden versucht, wie sich das Personal im Laden bewegte, ob ein Muster festzustellen war. Es gab drei Verkäuferinnen, von denen eine immer in der Nähe der Kasse blieb. Die anderen beiden berieten Kunden oder verschwanden ab und zu durch eine Tür mit der Aufschrift »Nur für Personal« im hinteren Teil des Ladens. Doch je länger sie beobachtete, desto klarer wurde ihr, dass es kein Muster gab.

Das war bescheuert. Sie vergeudete nur Zeit. Im Grunde gab es lediglich eine Vorgehensweise: reingehen und es tun. Aber sie hatte solche Angst. Bei ihrem letzten Besuch in diesem Laden hatte sie jede Menge Spaß gehabt. Es war super. Aber damals war sie natürlich auch noch nicht kriminell. Dieses Mal konnte sie sich nichts mehr vormachen.

Wäre dies eine Szene in einem Film, wäre alles ganz einfach. Es gäbe große, sich drehende Überwachungskameras mit blinkenden roten Lichtern. Ein Klacks für den Helden oder Anti-Helden, sie zu entdecken und ihnen auszuweichen oder einfach ein Handtuch über die Linse zu werfen. Aber Holly sah die Kameras nicht einmal. Und ein Handtuch hatte sie auch nicht dabei.

Vor ihrem geistigen Auge erschien plötzlich ihr eigenes Gesicht, eine prächtige, gestochen scharfe Nahaufnahme auf einem Fernsehschirm und davor ihre erschrockene Mum und Fern. Und dann der Hintergrundkommentar: »Die Polizei sucht fieberhaft nach dieser Person …«

Sie schaute zum zwanzigsten Mal auf ihre Uhr. Noch fünfunddreißig Minuten. Und wenn sie da drin fertig war, lag ja noch eine andere Aufgabe vor ihr. Sie musste unbedingt in die Gänge kommen. Sie versuchte aufzustehen, doch ihre Beine versagten ihr den Dienst. Deshalb warf sie noch einmal einen Blick auf die Uhr.

»Los, Holly, mach schon. Rein und raus. Zeig Selbstbewusstsein.« Sie spürte einen Arm um ihre Schultern. »Du schaffst das!«

Eines wusste Holly. Ohne Hilfe hätte sie es garantiert nicht geschafft.

Aber sie schaffte es ja auch mit Hilfe nicht. Die Hand auf ihrem Rücken schob sich nach unten zwischen ihre Schulterblätter. Und drückte. Holly erhob sich mit wackligen Knien.

»Okay, ich tu's«, sagte sie. »Hör zu, wenn sie eine Kaution verlangen, habe ich noch ein bisschen was auf meinem Sparkonto. Sag Mum, dass sie das nehmen soll. Wenn Kaution nicht infrage kommt, soll …«

»Geh!«

»Okay.«

Sie rückte die Riemen ihres Rucksacks zurecht. Sie schnitten in ihre Schulter. Dann betrat sie das Geschäft. Hätte bereits jemand einen Schulddetektor erfunden, wäre sie mit heulenden Sirenen und rot blinkenden Lichtern begrüßt worden. So spürte sie nur die Blicke der ganzen Welt auf sich.

FERN

Fern zog die Handbremse an. Sie parkte auf dem Parkplatz des Einkaufszentrums, aber nicht auf einem der ausgewiesenen Behindertenparkplätze. Cassie hasste es, dort zu parken. Sie hatte ihre Mutter darauf hingewiesen, dass es, sobald sie in ihrem Rollstuhl saß, kein Problem wäre, die Eingänge zu erreichen. Und sich auf einen Behindertenparkplatz zu stellen, hieße, eine Fläche mit Beschlag zu belegen, die jemand anders vielleicht brauchte.

Fern hielt das für ausgesprochen edelmütig, vor allem da nicht Cassie es war, die den Rollstuhl lange Strecken schieben musste. Aber sie widersprach nicht. Cass zu widersprechen, lohnte in der Regel die Mühe nicht.

Sie klappte den Rollstuhl auseinander und hob Cassie hinein.

HOLLY

Demi, Kari und Georgia saßen auf der Bank, als Holly aus dem Geschäft kam.

»Hey, Holly. Warst du erfolgreich?«, fragte Demi.

»Absolut«, antwortete Holly. »Es war ein Klacks.«

»Wir haben nach der Schule auf dich gewartet«, erzählte Georgia, »und dachten schon, du hättest gekniffen. Aber da bist du ja. Hast du Lust, mit uns zu kommen?«

»Geht nicht. Amy und ich haben noch was zu erledigen. Ich stoße dann später zu euch.«

Amy erhob sich von der Bank und hängte sich bei Holly ein. Sie schlenderten davon und blickten sich kein einziges Mal um.

»Was ist passiert? Erzähl schon!«, verlangte Amy. »Ich konnte nicht sehen, was du da drin gemacht hast.«

Weit waren sie nicht gegangen. Nur bis zur nächsten Bank vor einem Kosmetikgeschäft. Holly nahm den leeren Rucksack von der Schulter und ließ ihn auf den Boden fallen.

»Mein Gott, ich war ja so nervös!«, stöhnte sie.

»So viel weiß ich schon«, meinte Amy.

»Während ich drin war, hatte ich die ganze Zeit Angst, dass jemand sehen wollte, was ich in meinem Rucksack habe. Und das wär's dann ja gewesen. Ich hätte bestimmt viel Spaß gehabt, wenn ich versucht hätte zu erklären, dass ich die Sachen zurückbringen und nicht stehlen will.«

»Und wo hast du sie dann gelassen?«

»*Etwas* habe ich von Demi gelernt. Ich habe einen Rock von einem Ständer genommen und ihn dann fallen gelassen. Während ich mich hingekauert habe, um ihn aufzuheben, habe ich das Päckchen aus meinem Rucksack gezogen und unter den Ständer geschoben. Es war ziemlich dicht bei der Kasse. Näher konnte ich nicht heran, ohne entdeckt zu werden.«

»Und sie finden es auf jeden Fall?«

»Garantiert. Sobald eine der Verkäuferinnen durch den Gang kommt, stolpert sie praktisch drüber.«

»Es ist nicht möglich, dass sie es für eine Bombe oder so halten?«

»Ziemlich unwahrscheinlich. Es ist schließlich weich und gibt nach.«

»Geht es dir jetzt besser?«

Holly dachte kurz über die Frage nach. »Besser« war zu schwach. Selbst »erleichtert« traf es nicht im Entferntesten. Sie hatte tagelang eine schwere Last mit sich herumgeschleppt. Die Schuld eines Ladendiebs. Sie konnte die Kleider ganz hinten in ihrem Schrank nicht einmal anschauen. Doch auch wenn sie die Türen immer fest geschlossen ließ, wusste sie, dass sie da waren. Sie riefen durch die Türen nach ihr und zerrten an ihrem Gewissen. Jetzt war die Last weg und ihr war ganz schwindelig. Sie stieß ihren Rucksack mit dem Fuß an.

»Ich fühle mich leichter.«

Amy schaute in das Kosmetikgeschäft.

»Nur noch eine Sache, dann ist es vorbei.«

Holly seufzte. Sie wollte in Erinnerung behalten, was sie getan hatte, welche Entscheidungen sie getroffen hatte und wie sie fast alles kaputt gemacht hätte. Sie *musste* es in Erinnerung behalten.

Nur noch eine Sache.

Die Kosmetikartikel. Die konnte sie nicht zurückgeben. Okay, zwei davon – ein Lippenstift und eine Tube Grundierung – waren noch ungeöffnet, aber das war die Sache nicht wert. Sie war noch einmal in das Geschäft gegangen und hatte sich die Preise von sämtlichen Dingen gemerkt, die sie hatte mitgehen lassen. Es waren knapp über einhundertundzehn Dollar. Aus ihrem Schönheitsoperations-Notfallfonds hatte sie zweihundert Dollar geholt.

Sie nannte ihn nicht mehr so. Aber sie hatte noch keine Gelegenheit gehabt, sich einen anderen Namen auszudenken. Dafür war später noch jede Menge Zeit.

Sie hatte hundertzwanzig Dollar in einen Umschlag gesteckt und dazu einen Zettel, auf dem sie kurz erklärte, wofür das Geld war. Er ähnelte dem, den sie in die Tüte mit den gestohlenen Kleidern gelegt hatte. Sie zog den Umschlag aus ihrer Jackentasche, schrieb die Adresse des Geschäfts vorne drauf und klebte eine Briefmarke darauf. Es war die einfachste Lösung. Sie konnte ihn schließlich nicht an der Kasse abgeben. Nicht ohne dass sie riskierte, erkannt zu werden. Und ein oder zwei zusätzliche Tage spielten keine Rolle, solange nur das Geld zurückgegeben war.

Holly und Amy gingen zur Poststelle. Holly holte tief Luft. Als der Umschlag durch den Briefschlitz fiel, war es, als würde eine weitere Last von ihr genommen. Irgendwie war es jetzt leichter, sich mit erhobenem Kopf umzuschauen.

Sie betrachtete die vielen Leute, die vorbeigingen, und sah einigen davon in die Augen. Ein gutes Gefühl.

***

Cassie entdeckte sie als Erste. Sie stieß ein gewaltiges Kreischen aus und ihre Arme wedelten wild. Fern schaute auf. Holly und Amy kamen gerade von einem Briefkasten. Sie winkte.

»Hallo, Mädels, euer Taxi ist da. Seid ihr so weit?«, fragte sie.

Holly umarmte ihre Tante. Amy kauerte sich hin und begrüßte Cassie. Fern lächelte.

»Tante Fern«, begann Holly, »wir haben noch fünfundzwanzig Minuten Zeit. Können wir Cassie auf einen Burger mitnehmen? Bitte, bitte?«

»Na ja ...«

»Dreimal bitte, bitte?«

»Sie können auch mitkommen«, sagte Amy zu Fern. »Holly bezahlt.«

Fern schüttelte den Kopf. »Ich käme mir ein wenig fehl am Platz vor.«

»Hast du Lust auf einen Burger, Cass?«, fragte Holly.

Es war nicht schwer, Cassies Antwort aus ihrer Reaktion zu erraten, aber Fern übersetzte dennoch.

»Sie sagt ›Lust haben‹ sei nicht der richtige Ausdruck und ›liebend gern tun‹ ginge nicht weit genug.« Fern seufzte. »Dann geht meinetwegen. Wir treffen uns in fünfundzwanzig Minuten wieder hier. Und keine Minute später! Ich habe deiner Mutter versprochen, dass ich sie von der Arbeit abhole, und sie reißt mir den Kopf ab, wenn wir zu spät kommen. Das heißt, sie reißt *dir* den Kopf ab, Hol.«

»Fünfundzwanzig Minuten. Wir sind pünktlich.«

HOLLY

»Willkommen bei Burger Bonanza. Kann ich eure Bestellung aufnehmen?«

Das Mädchen hinter dem Tresen kaute Kaugummi, als es seinen Spruch monoton herunterrasselte.

»Wir sind noch nicht so weit«, erwiderte Holly.

Sie hatten Cassie vor den Tresen geschoben und betrachteten die Fotos der verschiedenen Gerichte auf der beleuchteten Tafel.

Holly wandte sich an ihre Cousine. »Okay, Cass. Wir machen das jetzt über das Ausschlussverfahren. Wie wär's mit einem Bonanza Superburger? Nein? Kann ich dir nicht verübeln. Gut. Und ein doppelter Cheeseburger? Auch nicht? Verständlich. Was sagst du zu einem …«

Es dauerte. Aber Holly drängte Cassie nicht, obwohl das Mädchen hinter dem Tresen mit dem Fuß wippte und schneller kaute. Die echte Herausforderung waren die Getränke. Sie und Amy gingen alle möglichen Kombinationen durch, bevor Holly sich erinnerte.

»Vollmilch?«

Cassie lächelte.

Sie gingen mit dem Essen zu einem Tisch in der Ecke und wickelten es aus. Nichts von dem Zeug glich auch nur annähernd den Bildern auf der Tafel. Amy zerteilte Cassies Burger, während Holly ihr den Becher Milch an die Lippen hielt.

»Du hast vielleicht einen gesegneten Appetit, Cass«, meinte Amy, als die letzte Fritte verschwand.

Eine Frau kam zu ihrem Tisch und blieb mit einem nervösen Lächeln bei ihnen stehen.

Holly blickte auf. »Hallo.«

»Hi«, grüßte die Frau. »Hm … also, ich habe euch beobachtet. Und ich finde es ganz wunderbar.«

»Was finden Sie wunderbar?«, fragte Amy.

»Junge Leute werden überall so schlecht dargestellt. Zu sehen, wie ihr euch um dieses arme Mädchen kümmert, ist einfach wunderschön.«

»Das ist sehr freundlich von Ihnen«, erwiderte Holly, »aber wir essen hier einfach nur etwas.«

»Was für eine Behinderung hat sie denn?«, fragte die Frau. »Zerebralparese?«

»Sie heißt Cassie«, antwortete Holly. »Warum fragen Sie sie nicht selbst?«

Das Lächeln der Frau verrutschte ein wenig, aber sie kauerte sich neben den Rollstuhl.

»Hallo, Liebes«, sagte sie laut und deutlich.

Holly verzog das Gesicht.

Die Frau überlegte, was sie noch sagen könnte. »Ich hoffe, das Essen hat dir geschmeckt.«

Cassie drehte den Kopf hin und her und ließ ein leises Gurgeln hören.

»Sie sagt ›Sie haben recht, es *ist* Zerebralparese‹«, übersetzte Holly.

Die Frau richtete sich auf.

»Dann gehe ich mal wieder«, meinte sie. »Euch allen gebührt Respekt.«

Holly blickte ihr nach. Dann sammelte sie das Papier und die leeren Becher ein. »Herzlichen Glückwunsch, Mädels. Du hast deinen Burger aufgegessen, Amy. Respekt. Und Respekt, Cass, dafür, dass du Zerebralparese hast.«

Cassie kreischte vor Lachen. Ihre Augen funkelten.

»Das habt ihr alle sehr, sehr gut gemacht«, lobte Amy in diesem Singsangton, in dem die Leute normalerweise mit brabbelnden Babys sprechen. Sie lachten alle.

»Aber soll ich euch was sagen?«, fuhr Amy fort. »Ich glaube, ich hab's zu gut gemacht, als ich meinen ganzen Becher ausgetrunken habe. Das Zeug war eiskalt, und ich fürchte, ich bekomme Kopfschmerzen davon.«

»Im Ernst?«

»Ja. Es fängt gerade an.«

Cassie warf ihren Arm über die Armlehne ihres Rollstuhls.

»Nimm Cassies Hand, Amy«, sagte Holly.

»Was?«

»Cassie möchte, dass du ihre Hand hältst.«

»Weshalb?«

Holly belud das Tablett mit dem Abfall.

»Tu's einfach. Ich will wissen, ob es tatsächlich die Kraft der Suggestion ist oder was anderes.«

CASSIE

Dinge brechen auseinander. Und gelegentlich fügen sich Dinge wieder zusammen und bilden ein neues Ganzes. Das ist nicht mein Zuhause. Noch nicht. Aber …

Ich vermisse die Hitze. Ich vermisse den Himmel, von dem alle Wolken weggebürstet wurden. Ich vermisse das Trudeln von Drachen und die Art und Weise, wie die Nacht innerhalb von Sekunden das Licht auslöscht. Ich vermisse das grollende Quaken der Laubfrösche, das Keckern der

Geckos und das Meer mit seinen bewegten Grün- und Blautönen auf weißem Sand. Ich vermisse Dad.

Aber mit jedem Herzschlag kommt er näher. Ich habe ein Bild in meinem Kopf. Ich sehe rote Erde unter einer umgedrehten Schüssel aus Blau, einen schwarzen Pfad, der sich ins Unendliche erstreckt. Ich sehe mit seinen Augen. Sie sind auf den Punkt gerichtet, an dem Land und Himmel sich treffen. Wir sind zwei Punkte, er und ich, die sich aufeinander zubewegen.

Dinge fügen sich zusammen. Holly und Amy. Sie sind meine Freundinnen. Ich hatte noch nie Freundinnen. Es ist ein gutes Gefühl.

Es fühlt sich an wie Glück.

11

HOLLY

Ich heiße Holly Holley und habe meine Routine aufgegeben.

Das bedeutet, dass ich

- meine Mutter nicht mehr verwünsche (es sei denn, sie hat es *wirklich* verdient)
- mich nicht mehr jeden Morgen wiege, weder vor noch nach dem Duschen
- im Spiegel nicht mehr nach Anzeichen für eine Verwandlung im Stil von hässliches Entlein wird zu Schwan forsche
- mich nicht mehr verrückt mache, weder wegen Demi Larson noch wegen Raph McDonald, dessen IQ seiner Schuhgröße entspricht

- nicht länger die kulinarische Wüste meide, die unsere Küche einmal war.

Dafür gibt es Gründe.

Zum einen hat Mum sich von ihrem Linsenzwang befreit (Vegetarierin ist sie aber immer noch). Sie hat von einem Tag auf den anderen damit aufgehört und ein oder zwei Wochen mit schlimmen Entzugserscheinungen gekämpft – kalter Schweiß, Gereiztheit, Schlafstörungen. Ich vermute, dass sie sich in den ersten Tagen davongestohlen hat, um sich hinter dem Schuppen am Ende des Gartens heimlich die eine oder andere Linse einzuwerfen. Beweise habe ich dafür nicht. Es ist nur so ein Gefühl.

Jedenfalls kocht sie jetzt richtiges Essen. Lasagne, Nudeln, Pfannengerichte, sogar gelegentlich ein Steak für mich. Ich behaupte nicht, dass sie sich zu einer ausgezeichneten Köchin gemausert hat, aber wenigstens erkenne ich, was auf dem Teller liegt. Und mein Würgereflex gehört der Vergangenheit an.

Ich habe zugenommen, ein Grund, weshalb ich mich nicht mehr mit der Waage abgebe. Es ist, als hätte sich mein Körper in einem toxischen Linsenschock befunden und holte jetzt, da er richtiges Essen kennenlernen durfte, die verlorene Zeit auf. Die alte Holly wäre unter diesen Umständen dick und rund geworden.

Die neue Holly ist es nicht.

Der Grund? Wachstumsschub. Spät, aber glaub mir, besser als nie.

Es stimmt. Ich bin kein Zwerg mehr. Das heißt jetzt nicht, dass ich ein gefragtes Supermodel bin, aber innerhalb der letzten Monate bin ich in die Höhe und nicht in die Breite gewachsen. Vielleicht haben Linsen mein Längenwachstum behindert.

Mir tun manchmal die Beine weh, doch Mum meint, das sei normal. Kurz vor dem Zubettgehen halte ich eine Weile Cassies Hand und der Schmerz verschwindet. Ich gehe mal davon aus, dass das *nicht* normal ist.

Dass ich gewachsen bin, hat meine gesamte Garderobe natürlich untragbar werden lassen. Mein Schönheitsoperations-Notfallfonds ist deshalb zu nichts zusammengeschrumpft.

Aber meine neuen Sachen sind COOL.

Ich habe auch einen Freund. Noch weiß er nicht,

dass er mein Freund ist. Ich habe vor, es ihm nächste Woche zu eröffnen. Er ist neu an der Schule und hat echt Sinn für Humor. Cassie mag ihn und Amy schnaubt in seiner Gegenwart nicht. Das genügt mir.

Tante Fern hat einen Job gefunden und sie und Cass sind ausgezogen. Weit weg sind sie aber nicht gezogen. Drei Straßen weiter, um genau zu sein. Ich schlafe also wieder in meinem alten Zimmer. Den Geruch nach Katzenpisse vermisse ich nicht. Und als ich Cass erzählte, dass ich morgens das Klimpern der Glöckchen vermisse, hat sie darauf bestanden, sie mir zu schenken. Sie hat ein neues Windspiel bekommen. Ihr altes hängt über meinem Bett und manchmal streiche ich mit der Hand durch.

Cassie ist immer noch an meiner Schule. Wir verbringen die Pausen und die Mittagszeit miteinander. Sie arbeitet unwahrscheinlich hart. Neben ihr ist Amy ein Faulpelz. Und das will was heißen. Etwa dreimal die Woche essen wir bei ihr und Tante Fern zu Abend. Die übrigen viermal kommen sie zu uns. Es funktioniert gut.

Und Amy? Amy ist eben Amy. Sie rechnet immer noch Quadratgleichungen im Kopf aus, während sie das menschliche Erbgut aufschlüsselt. Ich glaube, sie wird ein zweiter Mr Tillyard.

Wir sind ein eingeschworenes Trio, ich, Cass und Amy. Von den beiden anderen redet keine viel, weshalb den größten Teil unserer Unterhaltungen ich bestreite. Zum Glück gehört Reden zu den Dingen, die ich gut kann.

Ich kann mir keine besseren Freundinnen wünschen.

Alles in allem ist das Leben also schön. Das Leben ist sogar sehr schön.

Nur mein Name ist immer noch das Allerletzte.

Nähere Informationen zu der Krankheit Zerebralparese können unter anderem hier nachgelesen werden:

www.icpmuenchen.de

www.lexikon-orthopaedie.com

www.medtronic.de/erkrankungen/zerebralparese/

www.intakt.info/informationen-und-recht/diagnose-behindert/infantile-zerebralparese/

Barry Jonsberg

Das Blubbern von Glück

256 Seiten, ISBN 978-3-570-16286-6

Hier kommt Candice Phee! 12 Jahre alt, wunderbar ehrlich und ein bisschen ... anders. Und auch wenn viele sie nicht auf Anhieb verstehen – Candice hat ein riesiges Herz. Sie ist entschlossen, die Welt glücklich zu machen. Nur leider ist das gar nicht so einfach ... Denn wohin Candice auch sieht – an jeder Ecke lauert das Unglück. In ihrer Familie, die früher vor Glück geblubbert hat, spinnt sich neuerdings jeder in seinem eigenen Leid ein. Ihr superkluger Freund Douglas Benson versucht seit Langem vergeblich, in eine andere Dimension zu reisen. Und ihr Haustier, Erdferkel Fisch, hat womöglich eine ernsthafte Identitätskrise. Candice macht sich ans Wunderwerk, um jedem Einzelnen von ihnen zu helfen ...

Monika Feth

Die blauen und die grauen Tage

256 Seiten, ISBN 978-3-570-30935-3

Voller Ungeduld hat Evi auf diesen Tag gewartet. Heute wird ihre geliebte Oma ins Haus der Familie einziehen. Evis ältere Schwester Vera ist von der neuen Familienperspektive weniger begeistert. Die Vorstellung, ihr Leben umkrempeln zu müssen, um mit einer alten, dazu noch verwirrten Frau zusammenzuleben, ist ein Horror für sie. Als Oma endlich da ist, kann Evi überhaupt nicht verstehen, warum sie „verwirrt" sein soll. Oma ist der gute Geist des Hauses. Seit sie sich um den Haushalt kümmert, ist alles viel schöner, gemütlicher und freundlicher geworden. Aber eines Abends ist es soweit: Oma ist plötzlich verschwunden. Bei der nächtlichen Suchaktion findet Evi sie verloren und in sich zusammengekauert in der Bahnhofshalle. Am nächsten Tag kann Oma sich an nichts mehr erinnern ...

30139

www.cbt-buecher.de